日本漢詩文集叢刊

第一輯

第二册

第二冊目録

近重真澄

鴨涯草堂詩集

序（沈尹默）……三
自序……一一
物庵説……一三
目次……一五
身世門
立志……一七
歸省途上阻浪華……一七
故山（甲午）……一七
海上値風（庚子八月）……一七
養病兵庫（庚子十二月）……一八
辛丑……一八
授學位……一八
投機……一九
偶成……一九
丹滿教授許余以一閑房蘿窗苔砌闃絶人響余在其中研鑽金相寒暑往來殆將三年戯賦題壁……一九
戊申（在歐第三春）……二〇
去年自歐洲歸釐革内政春初漸就緒……二〇
新春偶成（辛亥）……二〇
歲晚……二一
丁巳暮秋聖駕親蒞大學羕旨恭講鏡説一篇於御前感激而作……二一
倫敦化學會講自著抱朴子解題并東洋上代冶金論有感二首……二一
書感（戊午）……二二
白雲飛……二二
予居在禁闕西數百步傳曰近淇園先生故宅戯作……二三

移居（辛酉）…… 二三
訪月箭教授教授蘭國碩學神交十年今初相見玄談不盡遂至秉燭有作 …… 二四
癸亥 …… 二四
書感 …… 二四
甲子 …… 二四
熊本訪舊居（乙丑） …… 二五
大正乙丑春初過石州跡市拜遠祖發祥地得詩四首録示子孫 …… 二五
移居洛西得十二絶句 …… 二六

遊觀門
觀瀑歌 …… 二九
月夜詣南禪寺 …… 三〇
大德寺真珠庵即事 …… 三〇
觀枝光製鐵所 …… 三〇
十和田湖雜詩 …… 三一
叡山 …… 三二
箕面觀楓 …… 三二
鳴門 …… 三三
城崎溫泉雜詩 …… 三三
屋島懷古 …… 三四
嵐峽杜鵑亭夜集 …… 三四
高野山中夏夜 …… 三四
耶馬臺雜詩 …… 三四
琵琶湖上酒波寺即事 …… 三六
望嶽 …… 三六
東京口占 …… 三七
會津東山溫泉 …… 三七
天橋秋夜作 …… 三七
天橋四首 …… 三八
熱海 …… 三八
呂宋拂曉渡凡凡湖上太兒火山爆發後經十餘年 …… 三九
再過支那海 …… 三九
亂後上海所見（丙辰） …… 三九
南京 …… 四〇
漢冶萍煤鐵公司諸公招宴席上 …… 四〇
朝鮮 …… 四〇
京城苦熱 …… 四〇
睡車 …… 四一
南滿洲 …… 四一
旅順 …… 四一

北京……四二
木崎湖畔夏期大學講演七日乃散……四二
觀梅二首……四二
梅花二首……四三
月梅……四三
田家春色……四四
水樓遇雷雨……四四
大正十二歲次癸亥九月一日關東地大震
災後一月往弔二首……四四
別府溫泉……四五
耶馬溪……四五
北海舟中……四五
北海道……四六
代北海道土人作二首……四六
淺蟲灣……四六
長岡觀梅……四七
觀菊……四七
賽限府……四七
踰人吉嶮入薩摩回顧前遊已三十年……四七
己未十月歸展淹留七日得詩數首……四八

使槎門

乙巳仲秋有命留學德國過留別四首……四九
香港二首……五〇
印度洋……五〇
亞田港即事……五〇
望阿剌備諸山……五一
紅海……五一
地中海值風……五一
瑪賽埠頭即事……五一
奈波利港……五二
月沈原雜詩……五二
葩發觀雪二首……五四
發沈原經巴諾坡入柏林旬日歸寓……五五
威尼西……五五
白國古戰場……五六
浴北海……五六
維耳塞宮秋日作……五六
巴里郊外道無二湖秋日作……五七
浮楂行……五七
舟中雜詩……五七
印度洋上遇聖者……五八
羅馬廢墟……五九

笨陌遺址……五九
羅馬歲頭所見蓋是戰後第二回春也……五九
將三航歐洲二首……六〇
金字塔下作……六〇
倫敦攝政苑……六〇
巴黎舊廬……六一
和蘭即事……六一
牛坡戰迹……六一
自蘭西至白兒壇觀戰迹作……六二
余在倫敦前後垂三月每夕必登湖月亭喫
和食今將向美洲去乃引筆題壁間……六三
渡大西洋入紐育有作……六三
落機山……六三
歸帆……六四

感興門

枯萩……六四
讀書八首……六四
偶成三首（壬寅）……六五
冬夜聽雷（甲辰）……六六
夜坐……六六
月沉原春思……六七
初夏夜坐……六七
用前韵……六七
幽居二首……六八
壬子二首……六八
時事……六九
春晴四首……六九
頑石行……六九
惜春詞……七〇
偶成……七〇
戊午……七一
風雲行（戊午）……七一
審勢二首（己未）……七二
夏日讀書……七二
千城雄……七二
法隆寺畫壁年久將圮余等拮据數歲繕保
護法世論尚難于施用賦此自遣……七三
尼港慘殺……七三
草堂雅集余乘興書胡亂二大字又遂用作
七律……七四
憶故園秋色……七四
歲晚……七五

壬戌……七五
偶語……七五
乙丑三首……七五
無題……七六
譯俗謠……七六
應酬門
過南禪寺呈高源老師作……七七
送漢客西歸……七七
次韻默雷禅师见似作……七七
黒本雲庵頃游峽中獲一塊石攜歸語人曰
將以充枕材賦贈……七八
客中酬至道和尚見寄……七八
伊豫正宗寺佛海和尚示余一襪子曰是我
泰道先師平昔所襲用滿幅補綴不遺寸
隙道風高古行持綿密洵可以欽仰也偈
以讚嘆……七九
偶成……七九
送人赴任中京……七九
訪寺町愛山和韻其歲杪作……八〇
讀福原周峯先生病中作次韻……八〇
次韻多田東蕪客樓偶作……八〇
送人之臺灣……八一
訪谷本梨庵於蘆谷參雨樓三首……八一
北垣男爵邸觀梅作二首(并引)……八一
送小松博士遊學海外……八二
吕宋訪榎本寸雲於其果樹園……八三
臺北訪秋澤海軍參謀長別後賦贈……八三
台北大悲閣訪醇領和尚作……八四
三輪商行主人重用學士大張業務問日又
講孫吳書賦贈……八四
荒木祭酒招醼席上賦呈……八五
渤澥洋上賦贈小村濳庵譯官辭職歸鄉作……八五
雲庵華甲寄余寶鼎以爲記念賦此爲壽且
道謝二首……八六
兒久入北海道大學水產科爲餞其行且
激勵之……八六
雪山外史新任史官東上次韻其留別作……八七
次韻……八七
和田島博士原作韻卻寄兼似市村博士……八七
次韻江木先生兄弟展墓作……八八
送人歸臥耶馬溪作……八八
送人再之中華……八八

寄大町桂月二首 …… 八八
遭高源老師遷化恭賦 …… 八九
輓酒井（佐保）先生 …… 八九
天台法忌 …… 九〇
祝天山首坐得度 …… 九〇
華甲壽言應孝子某需 …… 九〇
宗昌居士六十一初度 …… 九〇
題讚門
失題 …… 九一
論詩 …… 九二
題悦陳元著化學者名鑑余名亦見録 …… 九三
新聞紙 …… 九三
讀梵網經 …… 九三
義士 …… 九三
題愛研背 …… 九四
日本刀 …… 九四
同題 …… 九四
題髑髏 …… 九五
題西游記念畫圖郵片屏風 …… 九五
無物居士用古橋礎材鑽作水盤囑余題汲月
且係以偈 …… 九五
曾我兄弟復仇圖 …… 九六
題達磨持鉢圖 …… 九六
題板倉勝重畫像 …… 九六
星坡得蕃刀戲題其匣 …… 九六
題雨畑硯二首 …… 九七
利休居士 …… 九七
鴨涯草堂八景詩畫（并序） …… 九八
悲田院址 …… 九九
石泉彈琴 …… 九九
東山煙雨 …… 九九
長堤明月 …… 九九
古刹魚板 …… 九九
神苑老樹 …… 一〇〇
隣居怪石 …… 一〇〇
夕陽歸牛 …… 一〇〇
題紫雲根 …… 一〇〇
菅公二首 …… 一〇〇
題有氏寶藏 …… 一〇一
書觀風藁後 …… 一〇一
達摩贊 …… 一〇一
同題 …… 一〇一

同題……一〇二
小照……一〇二
沈曾植題詩……一〇三
題辭（鈴木虎雄）……一〇五

太秦山房詩集

自序……一一一
諸家題言……一一三
内藤湖南……一一三
鄭孝胥……一一四
鈴木豹軒……一一四
目次……一一五
大饗……一一七
大典舊都……一一七
偶占……一一八
航海……一一八
鬭牌二首……一一九
同笑會……一二〇
大正天皇大嘗祭……一二一
恭紀明治天皇山陵事……一二一
淺田澱橋水雲莊十勝和韻
照水梅……一二二
躑躅塢……一二三
飛螢溪……一二三
滴翠逕……一二三
忘暑台……一二三
白石橋……一二三
釣詩巖……一二四
香桂林……一二四
錦楓崖……一二四
將軍松……一二四
大正元年八月避暑於雲田志明院有人寫余午睡狀戲題圖上……一二四
羅淑言治裝將歸故國次韻送行……一二五
豹軒歸自支那次韻……一二五
京大新設地震研究室於宇治興聖寺境内戲題壁……一二五
甲子歲杪芭蕉堂樂集……一二六
丙寅二首……一二六
德國非遮博士以其國語題我傳衣北苑兩老師作圖上兩師使余譯之于時昭和元

年十二月二十八日也
奇巖孤松……一二七
葡萄……一二七
束薪添瓢……一二七
茶碗添盤……一二八
真野山陵……一二八
贈中野友禮……一二八
逗子訪賣劍道人……一二八
樂山周甲有詩二十首次韻一章……一二九
城崎雜詩……一二九
京阪電車……一三〇
和漢両讀體七言四首……一三〇
和漢両讀體五言三首……一三一
丁卯……一三二
深谷溫泉暮春作……一三二
和大竹蔣逕七十自壽作……一三三
伯州三朝寄懷萬年山獨山老師……一三三
伯州岡成治痔贈看護婦生田女史……一三三
譯安來節……一三四
岳麓十二詠
養病……一三四
病窗……一三五
横臥六十日……一三五
夜坐……一三五
門前流水……一三五
名醫故宅……一三五
消閑……一三六
大山……一三六
僧兵勤王……一三六
古戰場……一三六
牛馬市……一三六
雪上滑走……一三七
譯國歌……一三七
次韻松濤上人見寄作……一三七
嵐山觀楓……一三七
同題……一三八
戊辰……一三八
舊師吉本天祥先生枉駕敝廬年少敘別已經
四十年賦呈乞政……一三八
管公一千二十五年賦得梅香遍……一三九
加藤(知良)刀畔惠寄陶印賦呈爲謝……一四〇
加藤夫人重痾刀畔看護傍刻觀音經於自製

陶材功竣痾亦癒頃擧印獻之京城佛寺且
作印譜數卷余亦受贈賦呈爲謝……一四〇
仁和寺觀櫻……一四一
樂翁公百年祭賦奠……一四一
龍安寺樂社五月例集……一四一
函嶺首夏……一四二
布哇學童見學祖國……一四二
次韻置鹽老人見寄作四首……一四二
輓貓……一四三
齒落……一四四
妙心寺……一四四
清竹軒老師新主正法山上堂拈主丈曰道
得不斷賦贈爲賀……一四五
鹿谷安樂寺賦松蟲鈴蟲两姬事……一四五
時事……一四五
宇治川鹿飛渡……一四五
高阪超然周甲次韻……一四六
賦桑枝煎應店主需……一四六
題蓬城筆水墨山水用畫史原韻……一四六
喫烟行……一四七
大德寺龍源院楣間揭參雨二字……一四七
南滿洲即事……一四八
呈內金剛正陽寺韓鏡湖和尚高壽八十……一四八
朝鮮金剛山十首……一四九
昭和三年十月十七日車折神社奉神輿於
大堰川以行祭典龍頭鷁首三舟外猶有
三十餘艘隨侍之各獻藝能蓋擬往年宸
遊也……一五一
建仁寺中久昌院即事……一五二
城崎秋日……一五二
次韻惺軒博士退官作……一五二
天命……一五二
歲杪衡梅院樂集……一五三
大禮之日文部省擧勵精教育三十年而上
者凡二千人授硯匣以彰其功予亦與焉
顧已頹齡無能爲也賦此志感……一五四
白頭吟四首……一五四
己巳……一五五
己巳孟春初八高源先師十三回祥忌南陽
院主爲設齋來拜者無數賦之奠靈前……一五六
德雲院樂集夜雪未消庭除蕭然……一五六
次韻武田南陽元朝首尾吟南陽在大連管

滿洲日報　一五六
詩禪一味　一五八
詩禪一味　一五九
次韻超然立春作　一五九
長岡觀梅　一六〇
高槻伊勢寺　一六〇
御室觀櫻　一六〇
清明多雨聞天子將巡幸伊豆七島　一六一
次韻鳳岡先生致仕述懷作　一六一
屢次東上　一六二
讀書十首　一六二
初夏嵐峽二首　一六四
妙心寺隣岡和尚高壽八十一大典賜
　天杯　一六五
鍋谷博士醫館新成　一六五
室户岬二首　一六五
暮春同賣劍飲逗子養神亭此日烈風　一六六
己巳六月車駕親蒞陸軍造兵廠賦贈三
　輪廠長頌其榮光　一六六
樂社追悼故山口松南翁余以事不能至
　賦奠代蘋蘩　一六六
次韻應某翁需　一六七
高野山宿櫻池院久保檜谷栗山學士
　來訪　一六七
大門夜歸　一六七
下高野答人問　一六八
新和歌浦　一六八
多木肥料翁　一六八
觀長良川鵜飼　一六八
下木曾川　一六九
詠史　一六九
詣妙國寺（并引）　一七〇
龍泉庵主愛培玉兔蓮賦似　一七二
鷗社二十五年　一七二
次韻超然作書懷　一七三
秋興次韻　一七三
八月十九日紀事　一七三
歡喜集　一七四
　世路　一七四
　南禪僧堂　一七四
　居士林　一七四
　同參　一七五

參禪……一七五
南方魔子……一七五
雲衲……一七五
妙心寺……一七五
南禪寺……一七六
僧有黨……一七六
聖僧……一七六
僧界……一七六
國寶……一七六
大善知識……一七七
火宅僧……一七七
歌集……一七七
生如來……一七七
書畫僧……一七七
平壤……一七八
樂浪遺址……一七八
高勾麗三墓……一七八
山寺……一七八
山僧……一七八
葛藤……一七九
守愚……一七九
誓願斷……一七九
無爲……一七九
安居……一七九
雪泥……一八〇
紅椿……一八〇
高野山……一八〇
消夏……一八〇
苦熱……一八〇
山中……一八一
北窗……一八一
火雲……一八一
安分……一八一
舟中……一八一
即佛……一八二
觀世音……一八二
布袋……一八二
達磨……一八二
佛恩……一八二
佛弟子……一八三
宿雲……一八三
燒藥……一八三

茯苓……一八三
參雨……一八三
老大……一八四
九月廿九日相國寺樂集時有號外報田中政友會總裁急死……一八四
雪江松……一八四
同題……一八五
同題七絶二首……一八五
詩仙堂……一八六
秋園即事……一八六
十月十六日造幣局員有芳野觀古遊余亦與焉山上聽史話得詩四首……一八六
暮秋東福寺即宗院樂集……一八七
鹽原秋日作……一八八
同題七絶二首……一八八
秋夜城中（并序）……一八九
偶作……一八九
酒後……一八九
村居冬日……一九〇
冬至前一日邀客于衡梅院次韻龍泉庵主作……一九〇
己巳歲杪作……一九〇
庚午御題海邊巖……一九一
六十自述……一九一
周甲……一九一
春初書懷……一九二
豢豬……一九二
超然移居……一九二
龍泉庵樂集……一九三
豹軒博士自歐洲歸……一九三
洛東光雲寺樂集……一九四
次韻月浦周甲作……一九四
鞍馬二首……一九四
次韻中川香村見似作二首……一九五
無題十首……一九五
題松……一九六
村居春日作……一九七
成崎坐湯傚山谷體……一九七
城崎客次遊日和山戲圖題以長句兩拙不足觀耳……一九七
櫻花……一九八
椿樹……一九九

百日紅 …… 一九九
御室觀櫻二首 …… 一九九
憎花下驅車者 …… 二〇〇
秦藏六喜壽次韻 …… 二〇〇
衡梅院觀白躑躅花次韻 …… 二〇〇
四月二十九日衡梅院觀白鵑花于時臨時議會方開句中故及 …… 二〇一
題左甚五郎作睡貓次韻 …… 二〇一
昭和庚午京大金曜講演後作從前回講演至此正經二十年 …… 二〇一
次韻西田博士鎌倉偶成四首 …… 二〇二
庚午五月十六日京都帝國大學附置化學研究所開所式後作 …… 二〇二
天龍一指 …… 二〇三
西芳寺坐雨 …… 二〇三
七月十二日即事 …… 二〇三
黄梅院壁幅曰別是一乾坤補足以成一律賦樂社近事 …… 二〇四
送中島靜甫翁之東都 …… 二〇四
七月十三日黄梅院樂集豫修周峯翁十七周忌祭事席上賦奠 …… 二〇四
頃因龍泉老師勸説描佛祖因緣十六題各揭以偈天龍老師名曰爛葛藤題偈如下 …… 二〇六
大暑二首 …… 二〇九
長門峽 …… 二〇九
鎮江山臨濟寺緬思拾雲老師在京都兼似現住江嶽和尚 …… 二一〇
安東觀石佛高橋村雨居士所奉安 …… 二一〇
五龍背坐湯 …… 二一〇
五龍閣壁間挂河村亞洲南京懷古作追懷曾遊愴然次韻 …… 二一一
滿洲客中作 …… 二一一
歸舟 …… 二一一
三輪中將退官次韻 …… 二一二
蓬城移居次韻 …… 二一二
孫德謙令嗣懷瑛娶妻 …… 二一二
題自畫達磨圖 …… 二一二
送不倒畫史三遊佛國作 …… 二一三
秋雨 …… 二一四
告老六首 …… 二一四
濟門大德爲余設賀筵賦此代謝 …… 二一五
老馬行 …… 二一六

投老倣山谷體 …… 二一七
造幣局泉友會贈朧銀山水花缾賦此
　代謝 …… 二一七
太秦觀牛祭 …… 二一八
次韻乾山翁見似作却寄 …… 二一九
城崎溯圓山川 …… 二一九
玄武洞 …… 二一九
化學研究所舊僚貺余佩文韻府賦此
　爲謝 …… 二二〇
十月三十日文省舉教勅發布四十年
　紀念式賦此志感 …… 二二〇
植物園觀菊 …… 二二〇
愛山移居次韻 …… 二二一
病牀録(并序)
　患眼 …… 二二一
　患糖戲書 …… 二二二
　病院 …… 二二二
　自嘲二首 …… 二二二
　福壽草 …… 二二三
　次久保田理堂翁見似作韻 …… 二二三
　芭蕉翁次豹軒先生作韻 …… 二二三
余嚢著東洋鍊金術一書告老後將歐
　譯之恐不能成焉慨然有作 …… 二二四
次愛山見寄作韻 …… 二二四
患眼書感 …… 二二四
寄懷放光窟老師在醫大病院 …… 二二四
次放光老師見似作韻三首 …… 二二五
題楠公訣兒圖 …… 二二五
辛未二月十二日地質鑛物學教室火災
　書感 …… 二二六
寄懷佐佐木法博同在病舍 …… 二二六
讀向陽書屋絶句題後 …… 二二七
再寄愛山 …… 二二七
次韻應松偃老人求 …… 二二七
辛未一月及門諸子編紀念論文集壽余
　周甲賦此志喜 …… 二二八
豹軒君山無風向陽諸兄詩以問病賦呈
　代謝 …… 二二八
岸田書記贈盆梅賦呈代謝 …… 二二八
書懷(并引) …… 二二九
讀年華錄有感而作于時余年六十二獲
　病久在大學醫院 …… 二三〇

須賀蓬城贈畫梅喜賦 …… 二三〇
病半 …… 二三〇
小春 …… 二三一
平井榴所贈海豹牙材劍鐶體游印賦贈
道谢 …… 二三一
次韻榴所见似作云翁近日将遊京洛 …… 二三一
買杖 …… 二三二
百萬遍展鳥居元忠墓 …… 二三二
銀閣寺 …… 二三二
黑谷 …… 二三二
鹿谷訪靜處翁 …… 二三三
詣平安神宮 …… 二三三
疏水 …… 二三三
水力發電所 …… 二三四
過南禪寺二首 …… 二三四
早春訪永觀堂昔時堂主有故失境地大
半冤恨不措滅後爲鬼怒喝時時震法
山云 …… 二三五
吉田神社 …… 二三五
真如堂 …… 二三五
熊野神社 …… 二三五
病間六首 …… 二三六
春分前一日將退院有作 …… 二三六
歸家 …… 二三七
即事 …… 二三七
蓬壺 …… 二三七
附録　文
故理學博士近重真澄君墓誌 …… 二三九
雙舍記 …… 二四〇
科學論 …… 二四〇
銃彈記 …… 二四四
愛刀記 …… 二四五
刈谷無隱居士墓碑銘 …… 二四六
題虞美人草畫幅匣 …… 二四七
松野平九郎翁墓碣銘 …… 二四八
乾山詩集序 …… 二四九
聽松詩集序 …… 二五一
金雞間祇候長谷川爲治君胸像記 …… 二五一
御室觀櫻詩畫卷序 …… 二五二

安井隱居集

自序 …… 二五九

書懷……二六一
物安畫像……二六三
物安自題……二六四
諸家題辭
袁金鎧……二六五
內藤湖南……二六五
王國維……二六六
服部擔風……二六六
木南向陽……二六六
田保橋皓堂……二六七
理堂久保田鼎……二六七
福田靜處……二六七
吉原古城……二六七
荒木鳳岡……二六八
鈴木豹軒……二六八
狩野君山……二六八
沈曾植……二六八
既刊詩集解題……二六九
目次……二七一
安井隱居集第一（心眼集）
緒言……二七三

辛未
三月退院後始而出遊至等持院……二七三
退藏院雅集次無著和尚假山水詩韵……二七四
偶成用前韻……二七四
辛未初夏大京都市制成書感……二七五
次木村擇堂七十自述韵……二七五
南都……二七六
愛宕山……二七六
鞍馬山……二七六
夏日……二七七
長者地藏夜市……二七七
雨中望安土城址……二七七
秋曉……二七八
閒居集百首（節錄）……二七八
惜春……二八〇
玉椿……二八〇
春日……二八一
讀史二首……二八一
草堂四首録一……二八一
達磨石……二八二
散策……二八二

詣妙心寺十首 …… 二八二
聞長江汎濫 …… 二八三
九朔即事 …… 二八三
聞蟲 …… 二八四
謙讓 …… 二八四
晩稻 …… 二八五
眼昏仿東坡耳聾體 …… 二八五
新京極夜景 …… 二八六
素秋月下作 …… 二八七
候鳥 …… 二八七
甘雨 …… 二八七
失題 …… 二八八
題化學實驗室似小川新登第 …… 二八八
散策 …… 二八八
感舊 …… 二八八
秋夜 …… 二八九
寄懷長兄病在土浦 …… 二八九
陰曆九月十三夜 …… 二九〇
山内翁每歲招余採蕈於丹山賦贈代謝 …… 二九〇
郊居 …… 二九〇
山寺賞秋 …… 二九一
大患後始對菊花喜賦 …… 二九一
秋日上龍安寺山 …… 二九一
天塚 …… 二九二
大石栽送居士説法京阪間賦呈 …… 二九二
午睡 …… 二九三
十一月念一過東福寺視法堂工事過自
飛檐墜死而復甦 …… 二九三
比年患痔苦糖失明昨又挫肋骨萬死保
一生歲晩偶見後園生紫芝喜賦 …… 二九四
壬申
歲頭 …… 二九四
六十三歲偶書 …… 二九四
桃花仙鄉詩稿
壬申一月念一發留別 …… 二九五
故山 …… 二九五
種崎僑居晨起 …… 二九五
浦門夜歸 …… 二九六
浦門偶成 …… 二九六
桃渡即事 …… 二九六
晩歸 …… 二九七
讀神佛分離史感先考事蹟賦奠墓前 …… 二九七

先妣逝已八年樹石勒銘銘曰……二九八
二月五日訪久保康石百二翁……二九八
江上……二九九
二月九日聽瞽女演戲曲壺坂……二九九
刺客……二九九
桂濱觀坂本龍馬先生銅像賦似同遊……三〇〇
桂濱即目……三〇〇
賦寄……三〇〇
櫃谷紅……三〇〇
桃渡病間即事……三〇一
夜聽風雨……三〇一
吸江夜歸……三〇一
千松公園……三〇二
造船場……三〇二
故都春色……三〇二
潮江天神菜花祭……三〇三
出征人……三〇三
浦門訪秦元親城址元親與子盛親孫丸
橋忠彌三世報豐家恩有感而作……三〇三
三月八日訪桑梓尾立……三〇四
黃木會席上説詩峴南有詩次韻却呈……三〇四
題髑髏圖用故川崎壽光與竹内峴南唱
和韻……三〇五
松村巖翁編鄉賢叢書岡本寧浦以下凡
數十家主採未刊者翁與先賢同貢鄉
土可謂雙美……三〇五
詣潮江山有感……三〇五
埽野中兼山墓……三〇六
安藝郡名比賀村並河氏灸點能治白内
障三月十八日往就醫治……三〇六
春日江上……三〇六
觀海亭即事……三〇七
春歸……三〇七
將辭桃渡……三〇八
諸公送到埠頭賦此敘別……三〇八
船中作……三〇八
歸家……三〇九
東山光雲寺觀櫻……三〇九
棄犬……三〇九
詣藤樹書院……三一〇
無題……三一〇
初夏……三一〇

西芳寺……三一〇
又……三一一
頌知恩院孝譽上人寶壽一百歲……三一一
讀豹軒聞尼古來寺鐘作感舊而作……三一一
富田溪仙近者景印其師都路華香傑作百餘點裝成一卷名曰華香墨蹤予曩贈國詩以稱其篤行今欲試漢譯想漢詩有字法句法韻法不如國詩自由然一句已成則簡潔遥過於彼乃以原作每解六句改爲每解四句稍覺可見……三一二
感秋吟……三一三
又……三一三
城崎坐湯四首……三一三
妙心大方丈邀飲天隨博士歸臺途次次韻……三一四
讀田中殿山哭兒詩賦贈以弔……三一四
豹軒寄詩曰篇藉宜沈潛慨然有作……三一五
中秋無月……三一五
兼愛（并序）……三一五
似儒……三一七
妙心寺謁大通院殿廟……三一七
見性院殿……三一八
闇齋先生二百五十回忌辰聽中泉博士記念講演有感而作……三一八
胡樂爲雅樂無乃反日本精神乎……三一九
情癡……三一九
埽庭……三二〇
和氣公生日……三二〇
寒夜讀書……三二〇
題扶桑木筆架龍泉佛海老師所贈……三二一
時夜……三二一
魔軍……三二一
東都某百貨店失火有一交換手能守其職責毅然不易座消火之事因而得無遺憾有感而作……三二二
舌在……三二二
世界大戰……三二二
禍門……三二二
癸酉
歲頭八首（節錄）……三二三
煙霞日乘……三二三
再避寒土佐……三二四

散步所見……三二四
高知城南潮江地腴……亦是峴南椽筆
之賜也……三二五
忠烈野惠女（并引）……三二五
高知公園……三二六
僑居前川產青苔暖日入水採拾以食……三二六
得月樓盆梅……三二七
南國（并引）……三二七
播摩屋橋……三二八
詣土佐一宮宮記云我家遠祖曾奉仕此
社實永祿年間事也……三二八
暮春偶書……三二八
寄懷賣劍詞兄……三二九
佐佐木（申二）博士英譯鄙著東洋鍊金
術賦此志喜……三二九
昭和八年癸酉五月恭承高松宮殿下經
帝國學士院決議賜巨資見許鄙著英
文刊行感激有作……三三〇
晴韵七疊（節錄）……三三〇
七月十日遊琉璃溪五首（節錄）……三三一
小說祇園繪日傘（并引）……三三二
的中……三三四
六言……三三四
疊韻二十一首（節錄）……三三四
偶成仿山谷體……三三六
寄松崎某禪院住持老僧仿山谷體……三三六
午睡……三三六
自嘲……三三七
題太白捉月圖……三三七
題自畫馬圖……三三七
九月念一能州地震……三三八
十月四日陰曆明月予猶患眼而不能觀
悵然有作……三三八
題自製竹篦……三三八
庭梅腐朽剅作如意題語……三三九
題坂本龍馬先生圖應岡上學士囑……三三九
學士會館行樂社餞年小集……三三九
除夜……三三九

安井隱居集第二

圖（物安）……三四六
目次……三四七
甲戌

歲頭……三四九
十日雪……三四九
讀梅翁詣伊勢詩憶舊遊有作……三五〇
二月朔退院……三五〇
擔風先生近將訪京都有詩見似次韻
奉答……三五〇
三月廿五行樂社集於長岡天神境内
時予先登……三五一
四月念一正午有約將邀擔風先生及
佩蘭社諸公於茅屋饌羞用香積飯
準備已成忽有電話告曰先生微恙
不復往訪失意有作二首……三五一
念二有歡迎詩會予趁約赴對嵐坊諸公
不在後聞此日俄變會場於枳梎邸……三五二
鬖鬡吟(并序)……三五二
詩敵……三五三
五月十三日東鄉元帥薨勅賜國葬……三五四
人事無窮極……三五四
哭久保天隨……三五五
七朔學士會館行樂社小集……三五五
東鄭滿洲國國務總理……三五五
夏天多雨……三五五
習戰……三五六
拆字……三五七
題農夫圖……三五七
八月十六夕上萬松寺拜宸閣望大文
字火……三五七
拆字……三五八
參靈雲院茶會……三五八
國粹……三五八
茶味五十首……三五八
次韻寄後藤米川……三七二
風禍八首……三七二
超然刊壽福集魯魚焉馬誤字百出超然乃作
正誤表郵致表亦有誤字訂正不再三末後
添一詩懇請宥恕即和卻呈以慰撫之……三七三
風後夜坐……三七四
舊曆九月十三夕……三七四
題稼堂自敘傳後……三七四
六言……三七五
冬日上拜宸闕……三七五
臘末樂社小集……三七五

臘之念三家長兄逝　三七六
煎茶　三七六
再講信心銘　三七六
悲喜二十二韻　三七七
除夕　三七八
乙亥
和歌御題池邊鶴　三七八
六十六　三七八
春雪　三七九
飼養白鸚鵡已十五年　三七九
土佐宿毛東福寺舊藏赤穗義士遺墨……乃題卷後　三七九
刪詩　三八〇
永井單山手書云……予則不然　三八〇
火宅　三八一
寄懷蝶如在黑谷山中二首限韻　三八一
手島堵庵先生一百五十回忌　三八二
壺天　三八二
三月六夕雪後詣天龍寺禪會　三八二
賣劍詞宗七十次韵　三八三
奉佛　三八三
匹婦　三八四
茶後　三八四
聞昔干將作劍莫邪……古人夙得之於經驗矣　三八四
遲春　三八五
火　三八五
皓堂稀壽次韻八首（節錄）　三八六
初夏漫題　三八七
讀藤原豐安所著安德天皇史蹟　三八七
妙心寺開創六百年　三八八
根本智　三八八
六月念哭南針軒霧海老師　三八八
六月二十八日夜半雷雨洛中大水　三八九
七月四日東上治眼後此行爲初　三八九
拔草　三八九
歌意　三九〇
九朔霖雨諸方虔修關東震災十三回忌……　三九〇
水後久暘　三九〇
曉雨拂暑　三九〇
無題十一章（節錄）　三九一
鎌倉懷古　三九二

感懐五首用藤田幽谷登嶽韵 …… 三九二
題慶州府新羅奉徳寺古鐘雕文天女
　拓本 …… 三九四
石田三成 …… 三九四
仲秋觀月大珠院 …… 三九五
讀鳩翁道話 …… 三九五
秋霖讀高啓全集 …… 三九五
秋禽 …… 三九六
武魂 …… 三九六
白詩 …… 三九八
重陽小集 …… 三九八
龍安寺鏡容地秋日即事 …… 三九八
暮秋 …… 三九九
長樂寺山陽先生墓畔鄭蘇戡詩碑成式
　場即和 …… 四〇〇
過小督舊址廻文體 …… 四〇〇
乙亥立冬後一日菁莪窟老師與獨潭長
　老謀觀月于嵐峽一指會同人皆隨喜
　座中有歌者其聲妙绝 …… 四〇〇
負局 …… 四〇一
手澤 …… 四〇一
亂慊 …… 四〇一
冬晴 …… 四〇一
寒日 …… 四〇二
詠史 …… 四〇二
豐前豐津中學校庭亡友大森藤藏學士
　頌德碑成 …… 四〇三
居韵 …… 四〇三
同蝶如分寒儒守典墳句爲韵各賦二首 …… 四〇三
曉雪煮茶時從兄川田正澂訃到 …… 四〇四
歲晚記夢 …… 四〇五
乙亥二十八韻 …… 四〇五
祭詩 …… 四〇七
丙子
試筆以丙子元朝四字爲韻 …… 四〇七
和歌御題海上雲遠 …… 四〇七
自述 …… 四〇八
頌子歲題南泉斬貓圖 …… 四〇八
心王銘講了 …… 四〇八
讀惺軒博士著天泉鼓腹集 …… 四〇九
西行法師 …… 四〇九
贈豹軒博士 …… 四一〇

季子真民新婚賽嚴島……四一〇
寒夜煮茶……四一一
陰歷元旦……四一一
探梅……四一一
陸軍記念日……四一二
寒江送友……四一二
雪日鐘聲近……四一三
長吉(并序)……四一三
皓堂近作五古題曰瞽言慨世憂俗力排
　科學其志可尚雖然如其自以爲嫌新
　憎巧執舊守拙總是佛者所謂揀擇耳
　揀擇則科學距無理會之會甚遠矣賦
　呈質疑……四一四
大珠院……四一五
正月五日應放送局求講安積艮齋劍舞
　歌友人某偶在台北聽之樋口維石又
　寄詩稱之次韻答謝……四一六
春寒詣佛……四一六
二月念九讀新聞號外……四一六
春雪……四一七
僧院看花……四一七
遇舊……四一七
餘寒甚……四一八
偶成……四一八
入學試驗……四一九
輪廻……四一九
鹿王院詣愚庵歌碑……四二〇
衆愚日……四二〇
奇字……四二〇
春歸……四二一
日本刀……四二二
講般若心經于天龍寺開講拙偈……四二二
大珠院八景……四二三
笋……四二五
龍安寺……四二五
五月十四圓福寺茶會……四二五
初夏……四二六
信長……四二六
茶室偶成……四二六
讀白集……四二六
觀魚……四二七
眄眄……四二七

櫻井懷古……四二八
繩牀……四二八
空性尊者……四二八
觀壬生狂言……四二九
梅雨書懷……四二九
余年十九時一遊東北會盤梯爆破比有人自檜原至具説滄桑變有感而作……四三〇
望嶽……四三〇
夢登不二峰……四三〇
梅天遣悶……四三〇
遣悶仿放翁短歌體……四三二
偶語……四三二
記事……四三二
昔遊……四三三
梅天……四三三
夜觀天象……四三三
聞人避暑鞍馬……四三四
志田順博士逝……四三五
客舍題壁……四三五
聞諸老開詩筵大覺寺賦寄梅痴老……四三六
會談五高教授諸賢……四三六
新秋觀蓮……四三六
關原懷古……四三七
又……四三七
大珠院有真田幸村墓院主忌日催茶會予亦見招因自削茶杓以贈且題以一偈……四三八
九朔驟雨……四三八
感秋……四三九
遠正聲……四三九
一華五葉次藍川見似詩韻……四三九
壇浦懷古……四四一
庭中木芙蓉前年一枯死偶有飛子發芽苔石間而今秋遂花喜作……四四二
題自畫初祖圖……四四二
顏謝……四四二
熊谷直行公六百年大祭獻賦……四四三
松花堂即事……四四三
步至鳴瀧不訪鬼山而歸……四四三
嵐峽口占……四四三
明月……四四四
十一月十五日擔風先生詩碑成次韻録奉……四四四

中山七里峡……四四四
飛驒高山……四四五
擁爐聽拉地謳……四四六
題丙子家乘後……四四六
守歳……四四六

安井隱居集三

圖（物安）……四五二
目次……四五三
丁丑
歳頭……四五五
憶西南役……四五五
詠牛……四五五
水仙……四五六
讀大平記……四五六
不道……四五七
天橋遇雪……四五七
二月十二日高知梅邸所見……四五七
鐵如意……四五八
煙雨渡江……四五八
黄木先生海南巨匠鄉黨親炙可謂多幸獨恨詩碑未建無以不朽盛名耳……四五八
高知城上邀飲南國吟社諸公即賦……四五九
丁丑仲春鄉黨子弟爲余築生祠合祀觀音大士工事日捗三谷岸頭宛然補陀落也赧然有作……四五九
詣椿寺天野屋利兵衞墓……四六〇
遲春……四六〇
頌空即是色……四六一
玲竹軒老師昭和七年以來講碧巖録于土佐護國會當時余客種崎來参初講今年歸高因復隨喜則第百則也頗感因緣賦贈博粲……四六一
一德會創立三十年刊行月誌余宰其詩欄……四六一
芳野花信……四六二
皓堂賦寄紀元節陪筵作次韻答謝……四六二
春日閒居……四六二
寄洛南松濤上人……四六三
葵祭……四六三
端午……四六三
過櫻井驛址……四六四
暮春書懷……四六四

蘿蔔……四六五
賦贈荒木樞密顧問官……四六五
説文……四六五
岸野君新獲博士號……四六六
讀尚白齋集用卷頭詩韻……四六六
六月十日……四六六
又……四六七
梅癡過七十作詩歎井蛙次韵劫呈……四六七
湖畔蕃山堂即事……四六七
東嶺和尚心經注講了……四六八
偶占……四六八
丁丑六月偶書……四六九
次熊澤蕃山韻書問惺軒……四六九
次蕃山題畫作韵……四六九
上彦根城俯瞰太湖作……四七〇
又……四七〇
謝人贈笋……四七〇
賦寄鬼山……四七〇
寄似梅翁……四七一
聞黒本稼堂訃……四七一
偶占……四七一
閒庭拔草……四七二
下保津峽……四七二
又……四七二
田家聞蛙……四七三
荳棚納涼……四七三
讀神皇正統記……四七三
新木蘭行……四七五
驟雨催涼……四七五
題自畫初祖……四七六
題某氏詩集……四七六
從軍行……四七六
從軍行……四七七
日本刀……四七八
詠史……四七八
曝書……四七九
瓶插秋卉……四八〇
偶書……四八〇
秋夜讀書……四八〇
閒居……四八一
伯耆大山……四八一
避暑……四八二

昔遊……四八二
庭中芙蓉每年殆以同日開花……四八二
雷雨……四八三
芭蕉翁……四八三
秋日遊南都……四八三
廢墟步月……四八四
刊七律三十韵書後……四八四
妙心寺大法院八景
　仁和寺塔……四八四
　雙丘青松……四八四
　民舍炊煙……四八五
　五智晚鐘……四八五
　梅里樵婦……四八五
　隴頭農夫……四八五
　長泉寺釭……四八五
　愛宕暮雪……四八六
大法院八景試排之八句……四八六
大法院茶室……四八六
詣象山墓……四八六
杜康……四八七
土佐遊橫波三里……四八七
訪雨山翁不遇二年以來常爾……四八七
早起聞雁語……四八八
次豹軒晚秋作聞博士以明春致仕……四八八
燈火管制下作……四八九
炙硯……四八九
夜聞落葉……四九〇
旅次對雪……四九〇
退筆……四九〇
除夜……四九〇
戊寅
宸題神苑朝……四九一
詣伊勢……四九一
新年到故山……四九一
題畫虎……四九二
雪中聞鶯……四九二
嘲賣藥翁有感時事而作……四九二
黃木翁詩碑成喜賦……四九三
發高知途次邀飲象雲老雅於琴平
　花壇……四九三
梨木神社次愛山韻……四九三
聞春雷三首節録……四九四

賣花……四九四
遊龍安寺……四九四
湖樓曉起……四九五
近狀……四九五
口占……四九五
春寒……四九五
三月十五夜電波傳德墺合邦式況……四九六
謝僧乞捐資……四九六
雨中觀桃……四九六
花下步月……四九六
梅花四首……四九七
降誕會……四九八
題馬圖……四九八
三月念三雨……四九八
青峨老師巡錫戰地而歸……四九八
洛中櫻花……四九九
須磨寺觀櫻……五〇〇
投宿兵庫曹洞宗般若林……五〇〇
赤穗……五〇〇
北村三郎少佐客秋以部隊長從軍中支今春無事凱旋少佐善茶事已列宗匠位云……五〇一
春光院孤山和尚七周忌……五〇一
讀史書感……五〇二
次韵杉野僊山周甲作僊山時新移居北郊……五〇二
次韵僊山新居自述作……五〇二
洗面绝句……五〇三
四問……五〇四
論詩……五〇四
法雲院烏丸光廣卿三百回忌和歌題曰藤似雲因賦奠……五〇五
岡崎別院雅集邀擔風翁席上作……五〇五
題蝸牛圖……五〇六
龍泉庵拾雲老師來過見庭中蒿萊笑曰燈籠幹沒纔留頂因補足得七律……五〇六
清曉行散……五〇六
龍安寺初夏即目……五〇七
鴨長明……五〇七
觀東福寺法堂前年予過落於飛檐一死而復甦慨然有作……五〇七
蓬嶺畫史一生唯寫筑波山是以筆致老

熟山容靈動頃予獲一本喜甚因題……五〇八
延賞臺雅集分字得日……五〇八
橋本五松應召戰死于台兒莊賦弔……五〇九
入梅復寒……五〇九
雨窓得青字……五〇九
苦熱理髮……五一〇
譙蚊詩……五一〇
雨窓分字得小……五一一
梅雨遣悶……五一一
七月七日支那事變一周年……五一一
淫雨……五一二
浸水……五一二
斷梅……五一二
大暑……五一三
清淨華院樂集次檜谷韵……五一三
觀煙火……五一三
追憶甲斐庄學士學士夙經營香料會社……五一四
南昌空襲……五一四
又絶句……五一五
次韵桂堂病中漫吟韵……五一五
如是我聞……五一六
名苑……五一六
颱風來……五一七
新城博士逝……五一七
忠婢詩（并序）……五一七
生日……五一九
忠僕詩（并序）……五一九
題龍邱開善寺雄山老師語録……五二〇
颱風去……五二〇
題畫……五二〇
市出穴熊（并引）……五二一
木芙蓉……五二一
秋雨思歸……五二一
京之四季……五二二
歸舟曉起……五二二
佐川青源寺……五二二
讀日清戰紀拗體……五二三
題秋山行旅圖……五二三
末流二首……五二四
無題……五二四
武漢陷落……五二五
書懷……五二五

次佐佐木總一博士退官作韻……五二五
暮秋……五二五
題石假山爲犇善囑分韻得庚……五二六
提燈行列……五二六
贈人蕈子添詩……五二六
聽拉地謳新歌曲書感……五二七
衰柳……五二七
秋雨……五二七
暮秋即事……五二八
十一月念樂集於大龍院院有湖山
小野先生墓同人又爲帚苔……五二八
謝人惠菊……五二八
負暄……五二九
次沈秋明見似偶吟四首韻……五二九
徂歲……五二九
樂社餞年小集……五三〇
賦得已卯宸題朝陽映島……五三〇
全廢賀信書感……五三〇
近況次石川丈山竹逕晩眺韵……五三一
除夕……五三一
戊寅日乘二十三韻……五三一
附録文十一篇
大和舊蹟巡遊記……五三五
東北漫遊日記……五四二
蚊説……五五八
桃花仙郷詩稿序……五五九
閒居集序……五六〇
病牀録序……五六一
七律三十韵序……五六一
片岡翠翁詩集序……五六二
論心友贈豹軒博士……五六二
感秋文……五六四
題劍持雪漁筆山水圖幅……五六七

近重真澄

鴨涯草堂詩集

定

近重博士介吾友張振南君見示
手寫所著鴨涯艸堂詩集且屬為
題字予默平生雖喜詩然不輕易
作詩亦不輕易說詩況為人題字
詩耶是非嬾非傲實自知此雖

耳　博士深味此中甘苦者也不以所
言之爲妄此卷遂余留置多時既
愧對吾友且無以答　博士懇款
下問之意因復時一披誦三四讀
竟若有所感處欲爲　博士進一

言而終不可得蓋博士之詩率
時放筆爲之眞氣盎然不媿之
焉措意於字句繩墨甚佳處
政在有意無意之間與尋常
江湖名士之所爲固自異趣輓

近真詩人求之吾邦不三數輩乃不期而遇之於東鄰日出之國感欣交併何以喩羨題四小詩於冊尾而歸之他日倘有機緣會當把晤於鴨涯艸堂間一

傾懷抱亦人生一快心事也
海國詩人聖物庵新詩一卷
咏蟬蟬東山餘雨長隄月都
向先生句裏稱
天機語語便清佳不足識齋

空閒齋江月松風原自好尋
來踏破幾芒鞋
詩三百首無邪里學道工夫
一色醇折澤鷗並少陵拙澀
來眞摯吾詩人

昔游入洛趁閒身
浪被櫻花惱幾春
畫裡今知鴨川好
羨君真作此中人

富田溪仙為博士圖鴨涯小景逸趣橫生

中華民國十六年五月　尹默

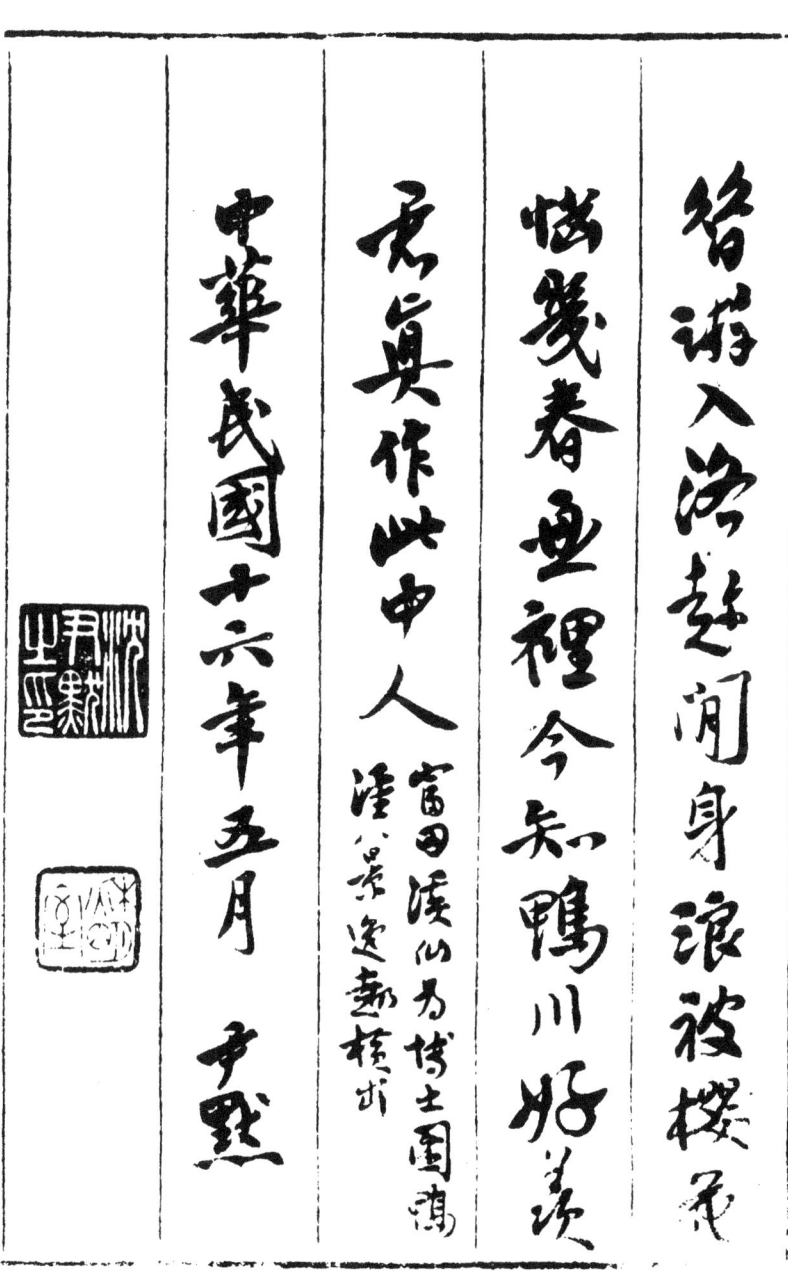

自序

直攄胸臆不假雕琢樹凋葉落颯颯金風已藏膠青於色裏乃存鹽味於水中非思量處識情難測茲釐舊稿得小詩三百首以付手民非詩人之詩豈敢謂待知音於後世但人壽百歲如駒過隙新陳代謝身死名湮曠達之士猶未能忘情於其間詩集之撰聊代墓碣藉記生涯豈遑顧褒貶哉

大正十四年乙丑八月　物庵居士識

物庵說

余號物庵客問其故余曰物與佛同音物庵猶佛庵也客怪曰夫物者衆欲之所繫離脫最難况子學主格物物外之事若未嘗默識冥索者豈能以佛祖自擬乎余曰不然客亦嘗誦心經色卽是空空卽是色乎經之意蓋說物心一如虛實兩同有影無形內實外空寓乾坤於芥子現須彌於毫端鐵笛倒吹石女夜舞其不可得而端倪者實爲宇宙本體矣說似一物卽是不中假名曰物曰心曷爲必固執一端哉世人不悟乃自號曰物外曰物先曰無物甚可笑也客曰子之牽強附會一至

鴨涯草堂詩集 一

於此乎余曰客猶不信姑聽我言夫物吳音 Mot 物庵
則 Mot-An 又與邦語持庵近（邦語持有藏義）促讀之則 Mottan
而與邦語不持又相通均是一物庵耳發音有緩促之
分意有盈虛之別余不敢定唯客所擇客竟無語苦笑
而去乃記應答之語且繫以偈曰

我這裏物庵　非外又非中　若契空色意
有無兩相通

鴨涯草堂詩集目次

身世門　四十二首
五古　一　七律　一　五絶　四
七絶　三十六
遊觀門　七十九首
七古　一　五律　二　五絶　廿二
七絶　五十四
使槎門　五十六首
五古　一　七古　二　五絶　三
七絶　五十

感興門　四十六首

四言　一　五古　三　七古　一

七律　四　五絶　十七　七絶　廿

應酬門　四十二首

四言　二　五古　二　五律　一

七律　二　五絶　七　七絶　廿八

題讚門　四十八首

四言　三　五古　一　七律　一

五絶　廿八　七絶　十五

鴨涯草堂詩集

平安　近重真澄撰

身世門

立志

幽玄天地象闡發是吾任才拙何須問一誠通古今

歸省途上阻浪華

颱風阻舟路羈客尚淹留空過蓴鱸節夢飛南海秋

故山甲午

十載都門客業成今日還依依偏有色一郭故鄉山

海上值風庚子八月

歸舟忽値石尤風五日洋中漂短篷爲問昊天我何罪
家園有待媼兼翁

養病兵庫 庚子十二月

藥爐經卷有誰憐蒲柳無由踵古賢但是壯心仍磊落
青衫剩見酒痕鮮

辛丑

一臥過殘臘匆匆歲又新牀前春未到夜雪滿疎筠

授學位

少林半夜雪紛紛忽和紅泥奏偉勳登第愧吾雙臂在
迂愚擬寫化工文

投機

昨是今非理未通朝三暮四竟無功伎窮恰似錢筒鼠
活路開來扃屎中

偶成

平生懷抱向誰開天下無人識我才翻憶當年健兒社
一雙鞭影入章臺

丹滿教授許余以一閑房蘿窗苔砌闃絕人
嚮余在其中研鑽金相寒暑往來殆將三年
戲賦題壁

三尺蘿窗付網蛛有人枯坐太清癯前身疑是毘耶客

無病呻吟親藥爐

戊申 在歐第三春

無復辛盤表吉辰客懷孰若歲時新春風落手賀正信
恨殺今年少數人

去年自歐洲歸鼇革內政春初漸就緒

物理循環烏有窮是能是所本來空餘寒雖緊春仍動
一樹梅花氷雪中

新春偶成 辛亥

萍蓬游迹亦前因既閱京華十度春詩瘦酒狂無賴漢
釵光扇影有情身拈花法味卽離相斷臂道心尤見真

六尺寒牀推戶坐早梅帶月白如銀

歲晚

四十年華一夢中無災無難又無功畢生如我成何事

流寓平安已作翁

丁巳暮秋　聖駕親蒞大學兼　旨恭講鏡

說一篇於　御前感激而作

髣髴秦宮新下型汞光無翳照羣靈一篇恭進　御前

講應有後人傳鏡經

倫敦化學會講自著抱朴子解題并東洋上

代治金論有感二首

豈將同臭庇東方聊發奚囊上講堂漢代鬼工周代妙
千古彷彿掬餘香
黃金冶盡已忘筌一縷茶烟入洞玄底事丹書委高閣
漫追俗說信西賢

書感 戊午

塵事紛紛不可裁過推領袖恥粗才至誠感物今無驗
空抱丹心苦忌猜

白雲飛

人生纔五十進退須察機二十學初就三十時習之四
十完功業餘生宜棲遲奈何稟性拙塵土志多違滔滔

流水逝空嘆伯玉非百年不可識世途險與夷問天天
不答無心白雲飛

予居在禁闕西數百步傳曰近淇園先生故
宅戲作

御所門西絶世譁猗猗綠竹付蝦蟆三千弟子今猶昔
頗似淇園處士家

移居 辛酉

不是行雲便行雨業風吹我常狂舞乾坤何處可安居
花月隨緣賓又主

訪月笳教授教授蘭國碩學神交十年今初

相見玄談不盡遂至秉燭有作

半夜燈前有所思此生未免屢屢炊無絃一曲伯牙恨獨向天涯求子期

癸亥

三經滄海索驪珠生死關頭入韛爐志業未成年又逝西山落日奈衰吾

書感

南枝向暖北枝寒(句成)高下春風白眼看爲是人間知命客隨波逐浪忘辛酸

甲子

小齋纔拂舊年煤曉角已傳春此回猶守平生寒苦節
案頭笑對一枝梅

熊本訪舊居 乙丑

逐浪隨波了夙緣功成事敗只聽天盧生一夢白頭感
自別青山三十年

大正乙丑春初過石州跡市拜遠祖發祥地
得詩四首錄示子孫

菊池（武村）支派稱重富重富餘流即近重（仕福正兼）屋　一族二
分騷亂世（永祿）作家士佐是吾宗（福氏滅後近重雅樂之介出仕長曾我部元親食祿百五十石長氏亦亡乃遂歸農他一門則長留石州開拓山野子孫今尚存矣）

釋褐侯門嘆薄慶如何長福兩家亡獨甘微祿太平日（延寶三年利助出仕山內侯別作一家）瓜瓞綿綿三百霜（利助君以後六代至先人時起真再別立家於是土佐有三家）

本明城壘（石州阿刀鄉近重萬力千力兄弟守之）迹猶遺想見英雄殉節時（永祿六年三月城陷兄弟死之）靈也有知應一笑海南孤客是連枝

悲痛何堪永祿年捨生就義姓名傳吾來下馬低徊久暮雨蕭蕭古壘前

移居洛西得十二絶句

一園花木一園蔬賣劍買牛心澹如垂老消閑併農課半間茅屋護圖書（閑適）

十尋掘地補天功始見源泉日夜通凝態從來只擔雪
苦辛填井總爲空 金井

綺羅織造去何之寂寞寒村與世移古廟才存秦氏迹
蠶神酒祖閟丹墀 古廟

山門風致古桑林一片慈雲和八音恨殺大燈輪下客
賊機搆難到如今 禪刹

心境何嫌冷似灰風塵以外洞天開石泉終日觀魚樂
幽逕無人伴月回 行藥

祠頭寂寞絶人蹤朝暮只聽隣寺鐘欲問能文山衲事
白雲冷鎖古丘松 雙丘

搾乳女兒紅玉姿
醍醐良味溢瓊巵
看他牛圉春風路
雪盡青青百草滋　牧場

晴江一道遠望開
碧嶂千年思霸才
想見孤軍誅賊日
知從天外凱歌回　南望

誰道荒村世事疎
委蛇鐵路駛輕車
中原有警爭先後
龍臥英雄盡出廬　車站

庭前移植兩三株
摘葉臨書聊自娛
待見秋天兒女喜
累累寶玉是珊瑚　種柿

滿眼菜花畦畛間
輭氈如染綠黃斑
高飛盡日告天子
欲問青雲第一關　菜花

史編曾記右京名荒廢于今狐狸鳴明月清風少人管
天遺幽境賜儒生右京

遊觀門

觀瀑歌

我濟龍潭究巨浸美洲第一今始信懸崖一百六十尺
橫決天河通急浚想是女媧功未成天柱既折地維傾
洪濤捲起盤渦外怒漲殷殷日夜聲餘勢嚙巖巖亦泐
飛沫如雨亂縱橫鬧說龍神愛國色胡姬年年投湢汄
哀怨徘徊結不消寒烟毒霧蔽日黑君不見上有天籟
下地籟幾人說來造化大試踞巖角聽雷吼物我空盡

得三昧

月夜詣南禪寺

愛此山中幽趣饒長松林下獨逍遙磬鐘聲息南禪寺
月照樓門夜寂寥

大德寺真珠庵卽事

香火鳳城裏祖庭苔蘚侵曉烟松靄合夜雨磬聲深道
味閑中繹機鋒物外臨時斟金井水寒影照禪心（庵有古井一休禪師所用云）

觀枝光製鐵所

頑石鍊來鎔鐵紅火龍如躍勢何雄乾坤陶冶無其術

數百洪爐聳大空 庚戌

人間智巧竟無窮龍闕潛行鳥道通千轉轆轤聲滑滑
爲機爲械是頑銅 乙丑

十和田湖雜詩

東奧多奇景十灣爲巨魁雲頭八甲段倒蘸雪巔來
淵默不知底琉璃一鑑圓懸崖疑鬼削萬古湧雲煙
斧斤未曾入老幹鬱崔嵬風雪一朝虐棟梁空見摧
岳頂湖光蕩蒲帆鳥外過化工游戲手引我涉天河
清泠浸白玉浩浩鏡湖明知是神靈宅龍蛇自在行
茂林圍大澤謐謐別乾坤忽地天風起蒼崖白浪掀

窅窅大湖水長吟一扣舷尾閭迴浦外百道挂飛泉
幽禽不識名苔印遠人跡吟骨坐來澄飛泉淙玉石
一別杳無縱〔蹤〕真人隱幽谷文名與峽存墓畔空號哭
脚底風煙迸山湖一郭清廿年勞夢寐今日得心平

叡山

羊腸石徑踏雲行粉壁朱欄認梵城鷲地秋風吹鬼氣
老杉影冷暮鐘聲

箕面觀楓

不趁豪華俗子遊曳笻半日作詩因雲山瀑布遥相對
嘯傲寒煙落木秋

鳴門

盤渦谷轉激雷霆潮迫海門龍氣腥風死波收觀亦變
布帆穩過黛螺青

城崎温泉雜詩

由來天地無涯岸祇是偉人能達觀春服既成宜浴沂
詠歸亭下伴童冠粟山先生遺跡

石天苔地洞門前半鎖幽雲半冷煙髣髴當年避秦客
吟笻來喚渡頭船玄武洞

石逕斜通古寺門老松葱蔚隔塵喧依稀畫壁爭神逸
應舉江山蘆雪猿大乘寺

屋島懷古

蒼波連九國島勢壓雲根殘壘興亡跡靈場解脫門魚
音和空籟鬼火亂潮痕古碣傳顚末又停游子轅

嵐峽杜鵑亭夜集

峽雲堆裏扣禪扉一縷茶煙物外機深夜天邊聞裂帛
燈殘酒渴不如歸

高野山中夏夜

石雞破幽寂明月步虛壇詩就仍天籟持將向廣寒

耶馬臺雜詩

普施慈雨起精藍不斷香煙禮瞿曇爲是衡山再生客

飽崇三寶塔中參傳曰上宮太子南嶽惠思禪師再來
空花亂墜迸天香五采分明放寶光識否妙觀無相相
萬年屹立是金堂
六朝華麗典型同方面長軀烏氏工恍聽洋洋天樂韵
紫雲繚繞梵王宮金堂奉安釋迦尊像止利佛師所鑄造云
松風江月卽逢原會得三玄衆妙門夢見金人空殿裏
至今猶覺石牀温
風物依稀舊帝畿煙霞何處問仙闈傷心更有猴池柳
空替宮人弄舞衣
杉檜森森朱殿新靈威儼在果何神遮那法界無他事

只向太元祈濟民按兩部神道所說本地爲太元垂迹爲神佛是名二而實一不可相別者也

幾經劫火儼威容當是天公惜鑠鎔香積宮中鐘磬和

華藏帝網一重重

呦呦鳴鹿故墟前人立草青梅白邊宮兩塔嵐春似夢

依依風色一千年

琵琶湖上酒波寺卽事

摩崖香刹勒新銘記得盧公倚石屏眼見蒼波三萬頃

湖天七十二峯青

望嶽

白玉不留塵一團光燦燦乾坤瑞色浮菩薩倚天半

東京口占

風捲沙塵望不開笑吾千里等閑來龍蛇混雜聖凡惑東國雖佳好却回

會津東山温泉

脫却塵衣銷却愁青山圍繞石泉流白雲不去欄干角與我詩心一樣幽

天橋秋夜作

露華如霰墜天風十里松洲明月中無限清涼詠歸路波光林影共玲瓏

天橋四首

虹影横波心杳杳入煙霧若非通天梯定是貝闕路

蜃樓湧海中結綺連松樹清晨露未晞泠泠天風度

水際影離奇燈紅與柳碧有女嬌窺門似待東吳客

山陰開天塹末曷一路通禦侮範先蹤百萬艤艨艟山陰設鎮守府以制三韓自神代爾

熱海

梅欲殘時桃已紅冰霜不到翠屏中泉靈常覺春光暖

孰若當年繡嶺宮

呂宋拂曉渡凡凡湖上太兒火山爆發後經

十餘年（凡凡土語爆發義云）
噴火經時草爛斑翠嵐輕拂太兒山曉浮蠻舸天南客
爆發湖心盪槳還

再過支那海（西歷一九零五渡歐之次始過支那海今茲丙辰盛夏自呂宋向香港重航此海老大無爲感慨殊深乃賦）
十一年前南渡舟月明呼酒嘯高秋如今斑髮重經過
碧水那邊洗昔憂

亂後上海所見（丙辰）
蓄髮長鬚亂後風滿清陋習一朝空誰知達識洪君舉
六十年前已發蒙

南京

青山何處弔英雄日夜長江去向東剩得人間陵谷恨
蓬蒿堆裏故明宮

漢冶萍煤鐵公司諸公招宴席上

地闊山如鏟江深水不聲誰知吳劍在多士是長城

朝鮮

天運循環竟若何興亡歷歷舊山河已知雨露覃邊土
燮理陰陽是太和

京城苦熱

八月城中似火爐重簾遮暑尚焦膚赭山兀兀周遭在

纔送微涼是井梧

睡車

睡車安穩向西行半夜來過熊岳城上等辨當壽司飯
夢中聽得夏商聲（民國詩人東來屢用皇朝俗語作詩頗有旨致第三句聊倣其顰且欲以示國勢西漸日已久）

南滿洲

老幼俱瞻旭日紅方三萬里版圖中龍驤虎躍迹猶在
長記精忠將士功

旅順

沙場萬骨築山成風遞啾啾鬼哭聲 一夜荒城殘月碧

照來斷戟委榛荊

北京

其富無量其俗良不闕浩劫閱紅羊試從大柵欄頭步
玳瑁珊瑚市作場

木崎湖畔夏期大學講演七日乃散

雲煙隔斷世間塵暫作希夷一輩人萬頃湖光明似鏡
寫吾面目本來真
綠水青山同寄身燒丹幸化白雲人布鞋明日好歸去
君向瀟湘我向秦成句

觀梅二首

斷橋流水影横斜玉骨冰肌拖落霞袖裏猶留香氣在
幾生修得到梅花句(成)

望底玲瓏梅萬株枝枝齊綴白珊瑚黄昏微月一痕峭
彷彿花神影有無

梅花二首

春風入澗阿香雪枝枝白苦節百花魁孤高見標格
佇立幽溪下嗒焉忘世譁冰心而玉骨清洌是梅花

月梅

雪後梅花月一痕皎然天地失前村唯因孤鶴發清唳
認得林逋處士門

田家春色

萬頃園田一逕斜清明曳杖趁煙霞成雙胡蝶何多事
纔出花來又入花

水樓遇雷雨

前山過雨濛雷擊密雲裏檻下碧琉璃莫教毒龍起

大正十二歲次癸亥九月一日關東地大震
災後一月往弔二首

綺羅影絶劫餘風滄海桑田語不空試自東台山上望
焦煙未散翳房總
人間文化竟何如隨處樓臺悉作墟可怪天公佐秦政

忽阮儒者忽焚書

別府温泉

四來男女各追隨不老長春靈液池信宿不知身作客解衣槃礴放杯遲

耶馬溪

重峯側嶺眼前奇溪水潺湲似促詩行出洞門停杖久倪黃一卷宛横披

北海舟中

北溟又趁一帆風積水茫茫碧蘸空閑却人間三伏熱方千萬頃是龍宫

北海道

極目茫茫綠接天殖爲林野耨爲田豺狠不到羆熊去
拓得榛荆五十年

代北海道土人作二首

生計有餘啣酒杯山河滿目擬瑤臺比年誤策迎文鬼
暗裏磨牙咆哮來
奪我衣兮奪我糧乾坤何處是家鄉臥床空結太平夢
鑿有游魚野稻粱

淺蟲灣

好將煩熱付新潮浩蕩忘機撥短橈一郭羣巒齊倒影

高低只是任風搖

長岡觀梅

野梅流水冷丞相廟邊春可以助杯酒眼前皆美人

觀菊

重陽佳節近颯颯起秋風籬畔先相訪芬芳君子叢

賽隈府

義勇奉公西海雄英魂長鎮菊池宮祠頭空惹南山恨千樹櫻花夕日紅

踰人吉嶮入薩摩回顧前遊已三十年

太郎山嶮不須驂穩駕尋春向薩南憶昔青衫衝雨過

恍聞棋響韵仙龕（西鄉南洲軍破退城山作詩曰笑吾臨死如仙客盡日洞中棋響閑）

己未十月歸展淹留七日得詩數首

書劍卅年未作家
一寒依舊豈堪誇
歸來鄉黨若相問
打坐亂飛天上花（歸舟）

綠水青山空復情
秋花籬落暮煙橫
自憐未解黃粱夢
揖我村童不記名（尾立舊居）

眼見人間陵谷移
旗亭歌板倚山坡
往時荊棘今何處
水滑温泉浴雪兒（川口温泉）

天險難攀仰面嗟
棧雲峽雨隱龍蛇
文明餘力開周道
麇鹿同馳自動車（踰國境入阿）

使槎門

乙巳仲秋有命留學德國留別四首

歲月匆匆似置郵莫將安逸釀深憂峭帆挂去扶桑外
一片雄心萬里舟

西士文明要飽知連牀把臂果何時蕭蕭四壁離堂醼
唱起巴山夜雨詩

一艭征槎問去津西歐文物儘清新頭頭皆理要精察
火裏白蓮枯木春

游子朝辭洛水濱一擔書笈又西巡不才偏愧聖明鑒
肯傚千金馬骨顰

香港二首

層巒臨水積青斜仙閣空濛雲半遮夕割一城朝一邑
可憐多難住無家

吹煙海舶競先來萬國商人利市開恍訝三山唯咫尺
翠樓紅閣水之隈

印度洋

變化看無窮波濤現百怪雲中阿羅漢悠然聽滂湃

亞田港即事

蓬頭鬼面土蠻舟迎客欲售駝鳥裘萬里征途行未半
瘴煙蜑雨亞田秋

望阿剌備諸山

山列犬牙通異途連天不雨萬靈枯行人空惹滄桑感莽莽流沙古帝都

紅海

倚舷忘苦熱衣袂捲涼風南北分寒暑舟行紅海中

地中海值風

萬丈驪龍吐火行滄溟晝暗怒濤鳴男兒夙抱蓬桑志風雨舷頭倒巨觥

瑪賽埠頭即事

檣頭同挂日章明幾隻商船岸壁橫萬里波濤來繫纜

異鄉無復故鄉情

奈波利港

無端風物惹鄉愁寂寞寒潮拍客舟不識前程餘幾許
暮天雁繪一灣秋

月沈原雜詩

枉伍青年入酒樓强將笑語伴温柔誰知場外霜如雪
約翰塔尖傳曉籌 酒樓

秋林寂寞夕陽斜落葉繽紛撲鬢華書劍飄零感多少
比公塔畔有啼鴉 比公塔

荒丘何處繫征鑣煙雨冥濛秋寂寥功業長存人既遠

登臨空仰萬年標比公標
紫帽青巾影粲然書樓學院與雲連由來碩德沈原出
處處銅標幾萬年健兒
勿言交道變涼炎相識天涯膠漆粘燈下半宵三盞酒
互論時事動眉尖同鄉學友
堅甲利兵歸土灰追懷往事獨低徊斜陽立盡空城下
急霰如丸撲面來古城不烈世
東風無處起紅塵殘雪尚明歐北春想到故鄉三月暮
百花呈媚柳條新遲春
春光容易滿林扉垂柳垂楊翠作幃正是清明好時節

紅襟燕子自由飛　春色

郊垌百里點塵空翠浪淒淒麥隴風日暮歸雲凝不散半痕新月有無中　初夏

征帆憶昨挂秋風九萬鵬程一擊中重聽沉原搖落雨客愁無限送飛鴻　再遇秋

自出家鄉歲再迎壽觴聊向小齋傾歸心雖切奈公命野菜根烹折脚鐺　丁未

葩發觀雪二首

玲瓏莫是水晶宮雪霽山城萬籟空唯有彩霞飛不歇吟鞍看盡落暉中

獨入空林落日沉一聲寒烏促歸心後凋勁節孤松在
積雪埋來六尺深

發沈原經巴諾坡入伯林旬日歸寓

行盡白雲黃葉村一鞭秋色入都門奚囊笑我空探句
到處青衫印酒痕
不夜街頭爛燭花銀鞍白馬鬬繁華羇愁一片難消得
去訪黃娘賣酒家
圖南鵬翼昨初伸孤客天涯又遇春美酒千鍾頻買醉
相思笑指意中人

威尼西

十萬人家水國天以船代馬櫓聲連黃昏誰奏琵琶曲
應有三生司馬憐

白國古戰場

長劍當年幾度磨時兮不利可奈何一杯酹向荒原月
古道秋風鬼哭多

浴北海

淘去淘來沙似銀回波鞺鞳撼湘濱圖南卻浴北溟水
變化鯤鵬自在身

維耳塞宮秋日作

落葉繽紛填御溝宮園十里感深秋百年一覺豪奢夢

蘭麝香消鎖玉樓

巴里郊外道無二湖秋日作

颯颯秋風吹白蘋行雲行雨夢耶真湖心亭下艤遊舫
一夜依稀逢水神

浮槎行（己未十一月再航歐洲視察戰後狀勢行程半歲）

四海風雲戢龍拏彼一時觀風遊萬里孤舟度天池殘
壘弔枯骨新邦少舊知日新競技巧名教果歸誰隻眼
管窺恥匆匆又促期奚囊無宅物僅載數卷詩

舟中雜詩

釋氏天堂通信難仙家金藥亦空謾清風萬斛舷頭夢

此是人間卻老丹

也放仙槎貫斗牛南飛烏鵲正中秋胸間歷歷五洲事
誰是友邦誰是讎

波元水耳趁風生風水相摩盪有聲我亦無心蓬底客
時從舷外看魚行

濤聲日夜趁迴潮魚眼含紅積水遙黃面朱顏一平等
舵樓握手和艮朝

展圖几上手頻摩兩月航程強半過一劍屠龍吾未習
風雲夢穩海門波

印度洋上遇聖者

碧眼胡僧踏水行慇懃留我證三生一天星斗夜無月
劍氣闌干逼海城

羅馬廢墟

百代壯圖終死灰寒煙蔓草惹餘哀美人駿馬浮生夢
色相唯從見惑來

笨陌遺址

忍見繁華轉瞬移女媧煉石竟何爲試從漢士推年代
王莽恭謙下士時 句成

羅馬歲頭所見蓋是戰後第二回春也

戰雲散盡再逢春劫後山河生色新知是百官來獻壽

麒麟閣外簇蹄輪（伊太利王宮曰幾里柰兒今當麒麟字聊以擬其音）

將三航歐洲二首

强擔殘雪填深井我是人間無用材可似元都劉學士
看花未了又青苔

白屋終年伍蠹魚笑吾原與世情疏灞橋風雪看應好
準擬明朝跨蹇驢

金字塔下作

繁華如夢水東流千歲唯餘土一抔行客何禁生滅恨
沙風捲地夕陽愁

倫敦攝政苑

往年繫舟明月岸蘆花如雪映酒幔今日重訪楊柳塘
薰風南來有微涼名苑不著城中塵人間咫尺蓬壺真
笑殺昔人求丹空入山何若此間展脚一欠伸

巴黎舊廬

書劍飄零記昔遊來過拉典舊街頭帶將一片滄桑恨
前度劉郎重倚樓

和蘭卽事

輻扇高擎北海風地平遠樹接蒼空春郊日落餘霞散
牛背載花歸牧童

牛坡戰迹

以乍水名如絲劃地流分明咫尺見恩讎弗徳兩軍挾水各設塹濠攻撃連年互不相下龍拏虎擲竟何用處處荒丘堆髑髏

自蘭西至白兒壇觀戰迹作

寃恨歴劫結不融互覘釁隙幾秋冬千鈞未發維一髮
一髮纔絶搏虎龍能制機先利在徳旌旗所向無勁敵
佛軍咄嗟回頽勢誓滅此賊安祖國修羅百場真斷魂
焦盡城市與山村想見弾幕懸中空弾幕者此次陣中套語謂砲弾壓空宛如屏障也
穿穴滿地是弾痕爆破連月地上不復留一物巨弾直下所以穿穴滿地也
外交之厚豈徒爾呉越相鬩誰知是攻伐多年何所齎
勝無全利敗有恥我訪戰迹立暮風拏雲攫霧一夢空

忍見饑鴉啄腐肉顧望蕭條落照紅

余在倫敦前後垂三月每夕必登湖月亭喫
和食今將向美洲去乃引筆題壁間

胡麻香飯熟滋味醫枯腸　一夏參禪室卅七道雪坊[道雪坊卅七者亭所在地也]

渡大西洋入紐育有作

舟之梁之通淵鑿大塊雖險竟何若孤帆一片路三千
女神像下進紅藥

落機山

走過落機雲漠邊下無人影上無鳶犂鋤千歲未曾入

鴨涯草堂詩集　三

渺渺平原萬尺巔

歸帆

和風吹送北歸舟回首金門暮靄浮七日來過布哇島
更經旬日是神洲

感興門

枯荻

憐殺人間老櫪槽西風寒入舊綈袍夕陽江上歸心切
蘆荻秋深雪浪高

讀書八首

放眼乾坤內莫非無字書松風讃般若水月證真如

箇中有神會獨坐讀奇書半夜鐘聲息松間月皎如

水中吹猛火要解化工書生滅今何限盛衰本一如

彎彎者瓠子借問是何書天道雖持直出奇也躍如

吾眼本無翳執迷由讀書焚坑秦政暴用舍竟何如

卽身兼卽佛開悟不由書物我嗒焉忘行藏意所如

半生用無盡一卷腹中書四壁似懸磬仰天獨晏如

此心何佞佛此手日攤書吾道無他異終年踧踖如

偶成三首 壬寅

書劍飄零竟奈何居諸草草歲空過秋風半夜西京客

一葉梧桐感慨多

購書官俸半常空訴乏山妻怒似烘飽食煖衣非我事
簞瓢聊擬古人風
東奔西走夕連晨蹶盡脚痕千丈塵便是仙家無事術
草堂好與市人鄰

冬夜聽雷甲辰

神兵十萬夜銜枚直壓胡軍勢壯哉驚破寒宵遠征夢
滿天風雨聽冬雷

夜坐

文壇何日著鞭先鐵硏磨來已十年讀得新詩有神會
半窗寒月五更天

月沉原春思

萬里山河未倦遊喜看韶景映危樓意隨逝水通今古
氣吐長虹貫斗牛百囀黃鸝花蘸落雙飛紫燕柳條抽
誰知旅食天涯客一片雄心夢五侯

初夏夜坐

靜坐兀然癭木牀蕭然（倏）天地一茅堂月中松籟猶含雨
池上荷花更送香結網方成魚可打濯纓已潔我何狂
唯因寡欲生涯淡耽讀奇書到曉光

用前韻

此生未合托禪牀彈指誰言花滿堂夢裏斷琴思道契

架閣黄帙放心香崔嵬飛轍陰雲鎖溟渤浮楂濁浪狂
贏得快遊三萬里記他水色與山光

幽居二首

松風雜天籟蘿月入新詩一枕青山下不悲老及之
休笑古愚者胸中自坦然有時應作鏡兀兀獨磨甎

壬子二首

古都氣運進年年水道電機阡陌連計劃祇當期遠大
革新事業阿誰邊
女媧妙用此中探造化奇文隨處諳借問新工夫有否
賀正何客滿仙龕

時事

守在蠻夷豈石城(成句)艨艟空艤只銷兵利奔名走人多少誰向脚頭開棘荆

春晴四首

東風吹西蕪翠浪偃黃花得意叫天子翻身浴彩霞
芊綿春暮草一樣綠萋萋萬物須時會胡爲駕月梯
垂柳野塘暗燕泥古寺門春溪經夜雨紺碧水無痕
笑吾閑生計西山采紫薇知音流水外雲嶂卽忘機

頑石行

維昔荆山下抱璞實可惜想夫幸運兒無爲列侯伯同

是兩間物顯晦何太隔平生費省悟羣疑今冰釋人生竟兒戲虛空投頑石高低雖有殊歸來無損益出處只隨時動靜志莫適涼炎看恝乎天地擬安宅悠悠樂殘生浩歌消日夕松風吹不斷江月千古白

惜春詞

刀鐶頻撫未成歸忍見鬢毛留昨非最是銷魂落花雨無端片片點征衣

偶成

釋[繹]來陳迹伴孤檠古調如今誰復賡日暮關山路猶杳此生何暇憫跳甖

戊午
聖明敷化物皆春萬國衣冠朝紫宸不似西邦迭興廢
修文振武日兟兟

風雲行 戊午

笳聲一夜邊警入殺氣憑陵羽檄急廣野霜寒白骨堆
荒城月黑青燐溼龍拏虎躍誰之使石火電光勢乃爾
戰勝他日錄首功身起卒伍紆金紫莫嗟儒流無功名
功名何必在攻城四千年來事種種治亂與亡相接踵
亂以劍戟治文章文武齊繫千鈞重老來豪氣猶未收
勳業須當壓虎頭死爲閻羅未必是生取人間萬戶侯

審勢二首 己未

水斫蛟龍陸百城憑陵殺氣劍光橫人間祇有仁慈教
智勇太過終猛獰

候機列國未收兵擬向滄溟掣巨鯨須識和盟亦爭鬭
占來地步在連衡

夏日讀書

離騷幽遠曲詞工戲曲塡詞皆是詩變也三百毛詩是正宗識得
瓊瑤精皎皎炎陽六月迸清風

干城雄戊午七月巨商中村精七郎捐資大學爲築講堂教養子弟專研金相之理使余主之感而有作

不壞金剛窮物性一指頭上弄寰宇樂在其中復奚疑
兀兀不知蒼顏古有人千金求駿馬磚屋畫棟聳講坐
金刀玉杵日琢雕公家他年獻碩果君不見兩間萬象
互感通池龍喚雨虎喚風吾道平生尚寒素突兀今見
千城雄

法隆寺畫壁年久將圮余等拮据數歲繕保
護法世論尙難于施用賦此自遣

聞說至誠能感通三年辛苦豈無功盡除執著分迷悟
勿使靈光化壞宮

尼港慘殺

從軍豈不苦扶義千里去懸隔幾山河忽地傳雁語七
百喪同胞驚倒事酸楚毒蛇伏草莽反噬真可惡何日
殪元兇以此對衆庶爲諗當途者禦侮須遠慮

草堂雅集余乘興書胡亂二大字

又遂用作七律

江亭置酒避紛華迎客賡酬鬬藻葩水蘸殘陽明鏡麗
山拖深翠畫屏斜丁寧相語詹前鵲胡亂爭馳筆底蛇
咳唾吐來都是玉長從楣上酌流霞

憶故園秋色

淒涼一夜不勝秋雁語蕭蕭掠小樓何日膾羹浮酒榼

吳中霜樹繫歸舟

歲晚

百年三萬六千日三百六十今復過半夜皎然晴雪漲
書窗時訝月明多

壬戌

東方催曙色霞彩映晴波紅旭曈曈上蓬萊瑞氣多

偶語

欲覓安心處窮通宜守分春風一樹花遲速仍天運

乙丑二首

文化西來竟奈何如今國粹日銷磨擬將一木支傾覆

鬅鬆星星不耐多

民俗隆頽壞幾變遷欲披懷抱問時賢東西文運徒相尅

安得邦家福祉全

無題

天地一浮漚窮通皆幻夢壯心猶未休笑攬游龍鞚

譯俗謠

男兒獨往志在雲霄銅雀未成豈思二喬不嫌身後片

香不燒一任哀蟬鳴于桑條大槻盤溪曾云國歌少意義譯以二句則已足矣今此譯後半本于原作前半則余添足之本是餘情含蓄於歌詞中乃不可復謂虛構也予又曾觀政季鄉敗瓦作曰不破之關土佐之國府迺名爭留而昔遠色爾加波良寸也矣年乃譯曰關稱不破破經年國府鎖沈何

所傳一片依然千古色蓬蒿堆裏缺殘甎四句皆基于原作可知盤溪之言未必皆是也

應酬門

過南禪寺呈高源老師作

鬱鬱桑林古道場南禪寶刹拜和光一天法雨花狼藉匝地慈雲佛吉祥縱使形骸同槁木豈無吐囑帶馨香老師且勿呵饒舌請問神工挂角羊

送漢客西歸

利刃何人斷亂麻漢家衰運一長嗟峭帆遙指玄灘北目送王郎貫月槎

次韻默雷禪師見似作

叢林百足獨推君敢借縱橫韓柳文瞌睡依然東嶺下
半簾細雨笑行雲

黒本雲庵頃游峽中獲一塊石攜歸語人曰
將以充枕材賦贈

肩上擔來一片青溪聲石語杳然聽知君夜夜枕頭夢
飛入仙鄉長不醒

客中酬至道和尚見寄

錦衣何日向家鄉一念須飛六月霜鬢髮天涯尚雌伏
悲歌拍案燭光涼

伊豫正宗寺佛海和尚示余一襪子曰是我

泰道先師平昔所襲用滿幅補綴不遺寸隙道風高古行持綿密洵可以欽仰也偈以讚嘆

雖然無一物妙用出於之破襪當洪璧針頭截鐵時

偶成

幽居何所在唯與白雲追憑几閑吟日移琴孤坐時已無臺閣氣豈有櫪槽思得意朋樽畔情懷付玉巵

送人赴任中京

文壇志在著先鞭鐵研穿來已十年匹似海東雲雨湧披將蘊蓄上經筵

訪寺町愛山和韻其歲杪作

把臂寒宵逸興催風流洛社意悠哉文章自仰林翰妙
詞賦誰今工部才節早雪聲鳴屋瓦臘窮春氣動瓶梅
任他歲市喧嘩甚敲句燈前且引杯

讀福原周峯先生病中作次韻

侍坐談詩病榻傍藥爐煙底興偏長東風好倩先生筆
寫出鶯花古洛陽

次韻多田東蕪客樓偶作

文物千年舊帝畿剩金殘粉鎖禪扉風流別有鴨涯柳
游子三旬不憶歸

送人之臺灣

帆影張鵬翼水雲三百程傷時餘涕淚蹶起向邊城

訪谷本梨庵於蘆谷參兩樓三首

交歡如夢別西東欽汝江湖揚道風攝海波平明月夜

憶不京洛舊詩翁余曩有句曰流寓平安已作翁君乃和之興會尚新

海內文章仰此公如今奎運爛長空焚香坐看前山雨

祇合參玄在箇中

故人芸閣隔塵寰對榻詩成共解顏映戶海波秋渺渺

白帆影隱淡州山

北垣男爵邸觀梅作二首并引

往年民權論沸騰我高知縣最甚當時北垣君知高知治績大舉彈琴餘暇愛舊城内梅花接一枝於樹砧移植西京私邸爾來三十有餘年今茲乙卯三月君期其盛開大招集縣人設觀梅宴余亦陪席席間賦呈

臥龍元是海南種移植于今三十春萬顆明珠迸香處老來猶護舊精神

夷險同觀命在天投身虎穴記年前雪霜初見操持信馥郁清香一樹禪

送小松博士遊學海外

烏藤又入美洲東靈藥金丹阿堵中料識歸來傳妙訣
虎頭燕頷撫如童

呂宋訪榎本寸雲於其果樹園

艮會今宵酒未醒庭前移榻眼同青清風以外晚涼在
一簇芭蕉白露零

臺北訪秋澤海軍參謀長別後賦贈

建國扶桑東昌運似大昕王師討不逞連營大牙分大
小百餘戰將軍特勞勤丹心只報効壯猷赫武勳嗟我
竹馬友白首獨有君仕進雖異途交情如蘭薰今茲丙
辰夏奉命度南雲台北訪幕營握手慰離羣臨別相爲

最致國情意殷紫煙吹海船埠頭帶餘醺東洋方多事
暗雲亂紛紛邊城扼要地重寄在將軍回首水天外劍
氣騰氤氳

台北大悲閣訪醇領和尙作

坐斷乾坤物外機電光石火影離奇擬提法劍探龍窟
三匝禪牀相見時

三輪商行主人重用學士大張業務間日又
講孫吳書賦贈

陣頭獨立振旌旄畢竟商機貴六韜定識先生能射馬
比年羅致允升曹（陳允升取厚紙以藥塗之投之火中皆成金）

荒木祭酒招飮席上賦呈

才華祇合在雲臺卻向江湖處處開銀燭夜闌人未散話從槐棘到疎梅

渤澥洋上賦贈小村灊庵譯官辭職

歸鄉作

西鄰隨使槎興亡親歷之烽煙暗南北流寇東西馳秦宮已灰燼長城空倭遲公侯祇逸豫撥亂褒無知國亡家獨富醉飽耽戲嬉顧謂山河在山河竟幾時同仁語何美蠶食意何危海東輔車契對此欲何爲廟廊悉賢宰處變貴先機拙棋無定局忡忡君心悲經綸無所用

孤棹欲東歸積水望無際深憂說向誰荆璞豈永棄顯
晦應有期

　　雲庵華甲寄余寶鼎以爲記念賦此爲壽且
　　　道謝二首

蒼然汞色寸强湛四面雕文識漢金卅歲論交今果信
憑君掬得古香深
苦節貞堅千載心雪霜不改舊龍吟中流砥柱今誰在
學德如君一世欽

　　兒久入北海道大學水產科爲餞其行且激
　　勵之

渺渺秋天一雁歸征帆共向朔雲飛他年待汝探淵底
獲取驪龍頷下璣

雪山外史新任史官東上次韵其留別作

鬼才縱横惹鉅公憐史筆如椽起耕硯田一片白雲卷
舒自然高風斯人悠悠蒼天

次韵

涓滴巖根落積成滄海深滔滔流不盡百歲丈夫心

和田島博士原作韵卻寄兼似市村博士

喞筏不憂投盞愁悲歌年少五陵遊猶餘豪氣托湖海
靠遍元龍百尺樓

次韵江木先生兄弟展墓作

尊皇大義與誰論酸雨凄風古驛門畢竟丈夫不徒死留將龍鳳答君恩

送人歸臥耶馬溪作

洒然風骨臥雲身偶向人間岸角巾到底難忘溪壑好蹇驢又背舊都春

送人再之中華

十載留鴻爪重尋上國春綠葉成陰感當日意中人

寄大町桂月二首

一醉生涯淡聲名與酒香青山長作主高臥白雲鄉

行嶮如平地交歡雲外仙濯纓兼濯足四十八飛泉（君曾上駒嶽激賞其四十八瀑之奇）

遭高源老師遷化恭賦

斫營擒將竟無時鐵作心肝雪作眉爐鞴荒寒勞大冶
彼蒼何意奪吾師
弘誓持來仰大悲涅槃回首便三祇自今誰弄無腔笛
腸斷梅花細雨時

輓酒井佐保先生

心契斷金無可移誼同兄弟義師資寒風淅瀝瓊柯折
何忍焚香唱輓詞

天台法忌

太玄鄉裏樹旌旗一劍降魔山法師畢竟宗門微妙德
傳燈不斷照坤維

祝天山首坐得度

物我觀來豈兩般唯因揀擇涉多端百川歸海竟無迹
萬岳勢成雲一巒

華甲壽言應孝子某需

靄靄和氣父呼子應此是樂地壽福相稱

宗昌居士六十一初度

空空一切盡諸佛壽無量我見若能斷衆生亦放光

題讚門

失題

片片小才子自言追李杜本無詩聖分徒爾螳螂斧
大才白樂天風雅無邊際爭奈紛紛者煙霞唯自泥
詩是要心聲研醜非詞故修飾迎人意何得性情句
所求在佳句無復問情真錦繡包殘肉漫誇第一人
詩人無本領左右事迎合平野鋪芳草到頭牛馬雜
點朱又施素窘步事推敲何識抛彫琢通篇義投膠
字眼茲加點美詞乃施圈不知字句外何以名篇顯
苦樂賴他人何時觸琴緒詩奴無自主莫似東家女

箕潁非其願貧賤豈樂之應需弄山水詩人同畫師
語自肺肝出短長皆契機金刀曷爲者無縫是天衣

論詩

不嫌爛熟不嫌粗語涉鶯花卽美腴一失詩人敦厚旨
剪裁錦繡畫葫蘆

畫馬長嘶龍點睛化機靈動覺神明金刀玉杵空雕琢
堆垛終無擲地聲

諸公可嘆善謀身一語放翁情性真若以煙霞限風雅
肺肝文字總埃塵

廬山横側得相同活眼觀來觀不窮詩是自家真面目

妍媸常現汞銅中

題悅陳元著化學者名鑑余名亦見錄

營營爲道役形影獨相憐賴有西人識微勳入史編

新聞紙

民堵存亡競守攻坤維經緯劃西東人情天理毫端迸

萬象森羅一紙中

讀梵網經

傳燈三千年衰殘果誰辠可憐身中蟲飽餐不知悔

義士

縱使聲名身後垂生逢變故太堪悲誰知攀柳折花夕

卽是臥薪嘗膽時

不避躬爲五鼎烹仇門一夜斬長鯨萬松山下招魂夕
雪裏梅花的爍明

題愛研背

因果窮三世尅生歸五行誰知廣長舌說說是無聲

日本刀

三尺芙蓉出秋水八百萬重肌理迤提出乾坤魍魎驚
不須擊筑歌燕市余頭日檢鍛刀祕方曰相州正宗家傳凡鍛刀先合鐵片二鍛罷析之爲四爲八八爲十六終能重至八百萬枚則精英無比

同題

萬重肌理密犀利兎毛吹深夜動星象寒光射陸離

題髑髏

歷歷尅生猶矯揉無機恆久有機休千金漫擲粧奩費
不識天真是髑髏

題西游記念畫圖郵片屏風

峭帆百尺駕長風萬里雲濤氣象雄鐵路盤空疑鬼削
珠樓拔地是神工山河破碎無全土曆數推遷失故宮
巴里艷歌楡市酒酒痕却指畫屏中

無物居士用古橋礎材鑽作水盤囑余題汲
月且係以偈

清涼一味喫茶去正是趙州迎客時不識金龍波浪裏
片鱗掬取果爲誰

曾我兄弟復仇圖

淪落民間十七年臥薪嘗膽一心堅幕營風雨天憐孝
老醜授元羅帳前

題達磨持鉢圖

飛盡柳絮吹盡白蘋一鉢禪味千古風神

題板倉勝重畫像

袈裟一朝脫即現宰官身廉潔張綱紀寬仁服四民

星坡得蕃刀戲題其匣

蕃刀今若何腐鏽侵鋒鋩江山美如昔恨不舊家鄉安
逸元禍機四門逼虎狼爲諗南蕃民禦侮在自彊勇武
日夕聶砥磨百鍊剛捲土重來日期汝駕越王

題雨畑硯二首

良材畢竟俟名工膚質堅潤意匠功一脈源泉長不渴
捲雲施雨寸池中
紫石中湛水一泓誰揮椽筆任縱横無邊風月坐間趣
不盡乾坤物外情

利休居士

大小清規不用功却從綿密得心空英雄作略君知否

萬壑松風一吸中

鴨涯草堂八景詩畫并序

賴山陽曾卜居三樹街謂鴨涯之勝盡于此矣山陽歿後未百年風景宜北而世無復過問三樹街者矣夫山不改其勢水不變其脈而觀賞異地者非風景之移而韵士之避俗就雅也頃者予設書樓於鳳城北依崖枕流水竹平分遠隔塵寰況是悲田院舊址吾雖非天民之尤窮者亦可以蔑視軒冕嘯傲王侯浴清風仰明月而忘其貧矣乃選八景屬溪仙畫史寫之各繫以詩永記萍迹云

悲田院址

維昔悲田院寒山有亞流敝裘身不掩得意詈王侯

石泉彈琴

我來先得月愛此水邊亭人若問心賞溪琴日夜聽

東山煙雨

當窗列畫屏三十六峯青風色剎那變白雲飛有靈

長堤明月

幽人堤上步此夕世情踈風露散珠玉松間月皎如

古剎魚板

選佛場中趣妙香吾夙欽料知僧解定林外板魚沈

神苑老樹

千年禁斧鉞神苑晝猶淒葉落見林杪寒鴉三五栖

隣居怪石

山中通一路採藥十年來不若隣翁適雲根移得回

夕陽歸牛

一路長安外牛車向晩過世危思德器誰唱飯牛歌

題紫雲根 大和人某獲一塊石于芙嶽巓名曰紫雲根洽求題詩

靈山凝秀氣鬱鬱紫崔嵬真箇君家寶瑞雲床上堆

菅公二首

寒香三界外苦節百花魁賦得照星句萬年欽逸才

和魂兼漢才千載仰儀容請見祠頭色蒼蒼一老松

題有氏寶藏有氏英國士以多藏東洋古美術品有名

滿架琳瑯磨瑞光古香馥郁漲雲莊誰知遠識西歐士

炬眼點犀評漢唐

書觀風藁後觀風藁余外遊詩存庚申刊

觀風二百日興衰知所由勿怪鬢毛白我老懷殷憂

達摩贊

蓋天兼蓋地面壁九年時功德無功德少林骨肉糜

同題

一去西天唯留隻履煩惱未休再來多恥

同題

不須問著明白洞然可笑曳尾五葉金蓮

小照

不願才名軼昔賢勝而求戰有真筌灰頭土面半生迹悉是先生隻手禪

蜆涯草堂詩集終

禪心參入金剛位物化終歸
大冶銅爲乞越章袁越
祝嘉題七夕逗出公
鏡象分明發承光千手
縮作四分殘殺影螢向秦
臺玄照見人間勝幾張

詩證清於翻水更淨元
垢裏扣心聲長興集外流
傳遍不負王郎送客情　君寫不靜
庵先生行詩以
夢經為比

勿庵博士過訪寓廬出示手製
漢而滌鏡水銀古色明見眉鬚兼
録示新詩清嚴易北宋風骨輙賦
短章用答　謝意　寐叟拜稿

題辭

物庵近子苦攻理化之學精于金相好作詩往往發爲金石珠玉客歲奉命巡遊歐洲歸後探囊出其所獲詩數十首示余讀之其詩其人也理意兼有之矣吾聞嚴滄浪之論詩貴四曰辭理意興袁子才謂詩要有身分在物庵之詩于昔人言可謂不爲多遜焉若夫立誠修辭佇興而後發則其所造詣豈易窺知哉物庵將以其稿附于手民來速題言且索繫以余送行詩乃併錄還之詩曰東海流通西海流飄然乘鶴問前遊俟君變化鍊丹術爲解黃金白髮愁大正庚申十月鈴木豹軒誌

于京都鶴山巷黃葉深處

太秦山房詩集

尹默署

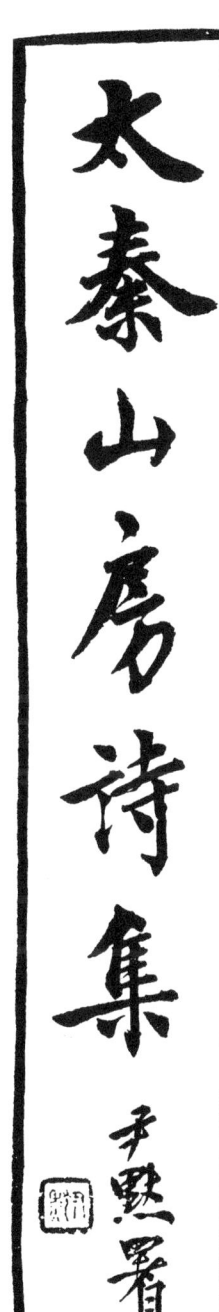

太秦山房詩集

尹默署

中華書局承印

太秦山房詩集自序

以言志以詠歎情性所趨或覯風上國或揚瀾學海豈獨流連月露耽溺花鳥以取快哉曩刊鴨集已經五載告老多暇復獲詩數百首合前集所遺以爲一卷附錄文十數篇及門諸子捐資使刊蕪雜生硬自知不免詩人之齒冷也

昭和六歲次辛未春王三月下浣　物安居士識

諸家題言

六齋研究考工記皎似發硎磨汞銅格物能開天地秘

詩人從未有如公　弔古題今詞采光更加禪味四

分强煙霞何必限風雅要識先生有主張　硬語盤

空隨手成百篇擲地盡金聲是詩是偈且休問看取先

生真性情　物庵博士見貺鴨涯草堂詩集賦此道

謝用沈寐叟題詩韻　　　　內藤虎湖南

物庵先生左右疊奉十二月廿四日正月五日惠書並

拜讀天命古詩內重外輕誠爲見道之作改定更爲妥

善曷勝欽佩弟日趨行在進講如初偶有所作仍多憒世之語未能如兄之閑適也

物庵先生左右讀惠書及大作四篇欣佩無已弟時正赴滬歸津始得覩之中以鹽原一首爲最上也放翁詩最多而各體皆善誠有取之不竭之妙足下於此致力可謂能自得師矣

鄭孝胥再拜

涪老精神劍南骨西溪明月北峯花文章落落非餘事天地悠悠屬自家

鈴木豹軒

太秦山房詩集

目次

四言　一首
五古　十首
七古　十二首
五絶　一百二十三首
七絶　二百五十八首
五律　三首
七律　十六首
計四百二十三首

附錄
文　十二篇

目次終

太秦山房詩集

京都　近重真澄

大饗

昭和戊辰秋大饗賜夜宴衣冠朝百官金紫映玉殿警蹕迎　天皇龍顏日月炫劍舞稱太平鼓聲和歌拚移席開金罇珍羞飽盛膳子夜傳還幸瑞雲鳳車纏萬歲萬萬歲皇運長不變

大典舊都

粵舉鴻儀轉化樞洋洋和氣滿皇都衣冠萬國咸來賀轂擊肩摩鬧九衢

偶占

名路危於累卵危才能雖長竟何爲癡頑一片南山石
萬古千秋永不移

航海

大正丙辰夏帶命航天南神門午解纜海風爽塵顏遠
近晴漸分一幅展畫箋波間浮白鷗島嶼列雲鬟海勢
忽迫蹙知是關門間下船行狹斜招招酒旆懸黃娘整
巾帶爲我祝平安二鐘復拔錨乃入玄海灘維昔弘安
世敵襲捲狂瀾奇捷賴神助丕績在史編行過五島東
天候見又遷密雲如撥墨閃閃紫電連霹靂聲聲起檣

頭吐火炎行客失生色兒女慟且顛驟雨倒海過清風
拂黑烟碧空白鶴舞巨艦乃安然日露交戰時士氣百
鍊堅此地列精鋭邀擊膾龍肝海神或有意風濤呈偉
觀我行亦爲壯吐氣衝星纏已到是崎陽翠嶂壓左舷
前程尚悠遠飽賞海光姸

鬪牌二首

鶯花依舊故人稀欲到天橋事又違裂帛一聲腸斷處
姮娥影淡白雲飛
孤軍不利陷重圍頽勢欲回空逸機試出柴門秋寂寞
虫聲滿地月光微

同笑會

借問大道存那邊烏鳶在天魚在淵坐上君子皆名賢
就中島翁是詩仙雪山苦行聳鶴肩摩訶蘭堂披錦箋
古愚宗風心境圓呵俗罵世半狂顛無一物庵虫二天
箇中消息要心傳昨夜揚州向酒泉今朝冰山賦歸田
何事秋月影不全空憶往事萬感牽一月一會文墨筵
案上忽堆詩百篇好事排魔期不愆堪喜同人今生緣
盡未來際樂陶然此會同人曰大道雷淵中島靜甫川田雪山石井蘭堂宮野古愚中島半狂近重物庵東川揚州臨田冰山濱崎秋月會數五十有餘回以至大正五年交而同人或四散或物故亦是物化所不免也今復讀此篇追懷往事感慨滿臆物安附記

大正天皇大嘗祭

乙卯十一月今上修大禮大嘗祭神祇中宵獻齋米羣
臣蒙恩光衣冠階下跪肅然冥闇裏持敬不暫弛幽明
路相通至誠神來止上戴帝惟神臣子乃兄弟寰宇無
匹傳金甌仰國體曉寒盛儀終殘星映溝水

恭紀　明治天皇山陵事

事後十又九年昭和庚午九月七日作謹按明治四
十五年壬子七月三十日　天皇崩九月十三日
靈輀出殯宮到青山祭場賜別羣臣遂御宮廷車以
翌十四日夕著桃山驛山陵之事始于此矣

大正元九月十四暮點七列車著桃山葱輦向幽室臣官以奏任辱見許扈蹕靈駕就壙道羣臣茲拜訣退入幄舍内默坐只飲泣雞鳴殮葬了陵前始賜謁下陵先驚聽將軍殉哀極聖澤之所霑秉心與君一冥漠獨扈從久遠致臣節寰宇無此事美哉君子國臣文官之微得列此大式豈啻一身榮恩光闔家溢作紀貽子孫護持長勿失

淺田澱橋水雲莊十勝和韻

照水梅

暗香浮動處明月照天外疎影印潭心清標如許大

躑躅塢

九十春光老紅鵑呈艷枝名園遍花木芳塢步遲遲

飛螢溪

纖手輕相撲冰紈教放輝晩涼如水際溪上數螢飛

滴翠逕

閱來無字書日夕在閑庭小立對空翠豈知詩眼青

忘暑台

台上安禪榻茂林靜似山夏時忘暑處瀟洒一心閑

白石橋

溪流數曲中白石橋邊路自在洗塵襟往還知幾度

釣詩巖

吟哦忘榮辱不問上竿魚孤巖分半坐對酒釣詩初

香桂林

吾無隱乎爾問答自禪來道味放香氣木犀花萬堆

錦楓崖

楓崖帶晚暉映發秋岑碧一幅天成妙留題引詩客

將軍松

風餐而雪虐鬱勃老龍姿前代興亡跡木公獨自知

大正元年八月避暑於雲田志明院有人

寫余午睡狀戲題圖上

松風謖謖入禪機飽取閑眠客未歸笑殺丹青描不得
翩翩蝶翼夢中飛

羅淑言治裝將歸故國次韻送行

高臥東山鬢欲霜斜陽對罷又朝陽圖書萬卷終無恙
底事中原避始皇

豹軒歸自支那次韻

載筆雲濤九萬程燕山楚水各關情不知當日繁華迹
似否張衡賦二京

京大新設地震研究室於宇治興聖寺境

內戲題壁

有託衆禽欣扶疎遶屋樹無門多少僧欲問參禪路

甲子歳杪芭蕉堂樂集

三逕芭蕉老相看到暮天此中存至樂肯道惜殘年
勁風吹樹杪塔影正冲天冬日古都景幽閑是自然
相會窮陰氣快哉俗塵隔斷白雲堆坐中君子皆騷士
我亦終居天鳳才（豹軒有句曰一坐皆居天鳳才）

丙寅二首

梅未開兮鶯未啼苦寒刺骨雪雲低嚴冬時節迎新歳
枉謂是春詩可題
搬柴運水葆吾真也是聖朝無事民百八聲中殘夢覺

瓶梅占得坐間春

德國非遮博士以其國語題我傳衣北苑兩老師作圖上兩師使余譯之于時昭和元年十二月二十八日也

奇巖孤松

來去雲千態秋聲滿樹間榮枯不到處維石守癡頑

葡萄

盈盈枝上珠忽被頑童奪爲是本來空有無天地闊

束薪添瓢

至誠天地道恩愛性情然孝子無窮力山中酒作泉

茶碗添盤

空色不須問盈虛固自由一口如何吸西江萬古流

眞野山陵佐渡後鳥羽帝陵

武臣橫逆蔑君權孤島呑寃二十年剩見老松空鬱鬱

怪禽聲落古陵烟

贈中野友禮君本大學助手刻苦精勵自創化學會社鄭爲其專務

非是池中物金鱗首尾鮮稚川今有後洪爐煉朱鉛

逗子訪賣劍道人

湘南光景眼前開中有超羣獨往才頓覺心身偏爽快

清風萬斛灑襟來

樂山周甲有詩二十首次韻一章

大道分明色卽空浮生一例水朝東天然妙句非凡響
嘯傲烟霞丈室中

城崎雜詩

仙鄉復觀兩年中人力到頭過化工傑閣新成日迎客
洗心欄角萬松風（大正十四年遭震災今已復舊）

功名何日著鞭先席不遑温三十年仍記扁舟陪祭酒
洞雲冷處弔前賢（大正三年春陪澤柳總長觀玄武洞）

乍疑一抹陣雲屯看做龍蛇也不真作字從來唯率意
楣間揭得匾題新（西村飯店主人乞余題匾額今對之拙劣萬狀）

京阪電車

四條鐵軌鴨川東（四條地名又指複線）伏見桃山轉瞬中牧野青

青河内路客皆守口夢朦朧（守口地名又言坐久催睡也）

言歸天滿急行車橋本八幡過咄嗟七十二分十三里

疾驅直到舊京華

和漢兩讀體七言四首

不須張目向天尿（和讀威張）杯酒獨親朝夕漂（唯醉）中梁刀擬

十五女摩挲何必問其耀（燒婦）

月明飛過雁無行（泣面）樹樹秋聲好是商（無飽）欲命杯盤遣

羈思囊金一半已差光（被引差）

滋味窮村嫁菜親（漬）時俱佳客路邊伸（野蒜）長生別有神
仙訣欲向飯台先服椿（呑唾）

纔有微涼佛殿薰（蚊居）妙香一炷也聊聞（有効驗）人間畢竟
身爲累遯跡山林爭奈君（如何氣味）

和漢兩讀體五言三首

日短十方暮山中行客秋（飽）旅裝今欲解借問宿坊幽
（借歟）

池洲鯉有升（有焉）泥裏龜無北（穢矣）郊外好梅雨出遊宜以
翌（足馱）

陋巷賃居安（棚賃廉）月花其樂只（無償）可憐一張羅寒暑幾

回裏返裏

丁卯移居洛西正一年也

好箇山中寄一廛老松蓊鬱白雲懸仍從天象觀時運
大歳新移玉兎年

深谷温泉暮春作在賀州舎治痔疾山高溪深暮春猶有雪

遲遲麗日照羅巾沒逕銀沙積似塵一鳥觸枝松子落
半谿殘雪採芝人
淙淙觸耳筧聲幽早起呼茶獨倚樓溪壑回春知不遠
雪成層底玉漿流
也伴樵夫臥草萊閑窗養病思悠哉幽谿自是回春晩

求餌山禽踏雪來
剗地東風春欲回前山猶見雪成堆梅花楊柳越州路
四澤溶溶湛水來

和大竹蔣逕七十自壽作

飛禽遊倦久林下葆天真白眼有爲世黑鬚不老春對
花移酒榻嘯月拂詩茵何問金丹事稚川以上人

伯州三朝寄懷萬年山獨山老師

山陰卜地徙禪牀一杵鐘聲動八荒翠碧層層看未飽
無心揮管畫圓相

伯州岡成治痔贈看護婦生田女史

大山之下有名醫換骨靈方盛玉匙絕勝昔人秪乃舐
回春如意痔勞時

氣爽神澄去病根觀音妙力感殊恩慈悲徹骨何嫌醜
抛向顏前犢鼻褌

譯安來節

美保山陰地蓊鬱五松翠一松仍可截二松不可折四
松仰見好儀容千秋萬歲雌雄松

岳麓十二詠

養病

起臥大山下晨昏好噏霞坐忘身與世卽是佛生涯

病窗

巖傍吾獨處真氣斷塵緣驅使白雲去請仙玉篽前

横臥六十日

久矣爲形役本源曾不知心王今了了幽室晏居時

夜坐

因病得清閑身邊無箇事秋天河漢澄凭檻數流彗

門前流水

扶病時拖杖荒涼天半村山容與秋潔澗水可窮源

名醫故宅

賴此藥方靈沈痾偏覺快尋來仁者蹤屋角白雲挂

消閑

寄迹大山陰篳門無剝啄桑麻繞屋青時讀輟耕錄

大山

巨靈擡手處天半玉崔嵬變幻雲呑吐仙寰咫尺開

僧兵勤王

武臣紊王政海內涸揚波仗義山僧起南風竟奈何

古戰場

尾毛互爭霸此地幾干戈起伏岡陵下至今斷戟多

牛馬市

峨峨山不凡莽莽連平野苜蓿入秋肥萬千散牛馬

雪上滑走

岳頂千秋雪登臨肝膽寒冬來滑韃輩曉日簇皮冠

譯國歌

點綴疎籬清露浮朝朝紺碧幾花稠勿言繁縟須臾歇
開自新涼到暮秋

次韻松濤上人見寄作

衣鉢當年世外身燕山楚水杖頭親歸來沈默住蕭寺
不伍紛紛名利人

嵐山觀楓

紆餘石逕賞秋行霜葉翻紅錦作城霖雨前宵溪水漲

隔林近聽棹歌聲

同題

大悲閣邊路楓葉望中丹片片無風落輒成空色觀

戊辰

坤旋乾轉不曾休甲子渺茫知幾周笑我蜉蝣漫寄迹
算來五十八春秋

舊師吉本天祥先生枉駕敝廬年少敘別
已經四十年賦呈乞政

年少承師訓發憤誓成器負笈出鄉關欲展青雲翅青
雲路崢嶸起伏不再四仰天屢浩歎聊持歲寒志晚營

洛外居西山夕陽媚門前聞剝啄出見師駕至驚定無
一言感極急下淚師長我八齡紅顏尚能記別來四十
年霜鬢與昔異世故幾回經成敗觀兒戲鐵路拓荒蕪
（先生夙經營湘南鐵道）巨刹創靈地（鶴見總持寺曩自能州移先生主管賦務現爲信徒總代）
偉哉達人績百年興民利湘南桃李蹊功成名已遂何
當趁高風卜隣繼前誼縹緲弄烟波舉杯共吟醉

管公一千二十五年賦得梅香遍

老幹槎枒金鐵堅橫斜峙立雪冰邊清香早已滿天下
的爍耀光千萬年
苦節千秋有典型槎枒老幹立神庭傳將春信清香迸

冒雪淩霜燦似星

和風暖日石堦邊玉骨冰肌越樣姸自有清香似神德

大千薰徹一枝前

暗香踈影水之隈彷彿佳人月下來文道增輝祖神德

四方獻詠是幽梅

加藤知良刀畔惠寄陶印賦呈爲謝

混沌未穿時窈然見神巧鈐來吳絖上我書似龍爪

加藤夫人重痾刀畔看護傍刻觀音經於自

製陶村功竣痾亦癒頃舉印獻之京城佛寺

且作印譜數卷余亦受贈賦呈爲謝

觀音妙力感殊恩一片打成清六根佳話長傳崇佛德
膏肓去疾活刀痕

仁和寺觀櫻

玉山仙女舞嬋娟覆地枝枝錦繡懸鐘磬聲中春似夢
寺門宛現雨花天

樂翁公百年祭賦奠

夙以名門贊大權持躬簡素弊風遷詞華別有才人目
花月餘光照萬年

龍安寺樂社五月例集

路向紫雲深處通陰森卉木古禪宮杜鵑聲落滿山寂

一榻清風誰契空

函嶺首夏

翠嵐輕拂氣如秋雨後清溪拍拍流浴罷浩然堪倚檻
著吾長嘯四山幽

布哇學童見學祖國

綠髮黃膚識同種善操西語不曾訛青衿初訪阿爺國
烟水雲山感慨多

次韻置鹽老人見寄作四首

萬頃秧田膏雨餘蛙鳴閣閣夕陽初鉛黃方倦幽齋裏
喜見故人遥寄書

學道嘗來糟粕餘迂疎難償白頭初草庵經業犂鋤外
雨日閑繙種樹書
安分褐裘身有餘西山歸計結廬初不關晴雨兼燈下
半架量功未讀書
四面翠巒烟靄餘閑窗獨坐鈞詩初靈犀一點有神會
愛讀玄黃天地書

輓猫

柔克制剛神技存室中鼠害復無痕享生三歲豈言短
昨已舉兒今得孫
舉止審詳眸冷然食前幾度掠腥羶笑他臨死發禪旨

大喝一聲振梵天羣獸終焉乃隱形軀不使知死處獨猫兒多慣人斃死床上末期大叫一聲同時脱矢略與人同想是習成性耶抑又人之似獸類也

齒落

戊辰七月日中旬犬齒獨落
由病斷一葉催秋須自省
飽憐風露抵殊珍

妙心寺

從頭拈弄賊機禪
法蓋如雲五彩鮮
夜夜看經響黃調
朝朝禮佛揭金蓮
干戈爭器兩朝蹟
杖錫護君希世賢
閱盡滄桑古松在
行人齊仰化城天

清竹軒老師新主正法山上堂拈主丈曰

道得不斬賦贈爲賀

法山一脈賊機禪顯赫烏藤卓立邊頭戴蒲團人在否
莫教佛殿瀆腥羶

鹿谷安樂寺賦松蟲鈴蟲兩姬事

梵唄聲中感宿縁蛾眉掃落佛龕前不知身後人長恨
翁仲苔蒸七百年

時事

六月飛霜今復看濛濛晝暗宿雲寒試由天象推人事
幾處鄰生淚得乾

宇治川鹿飛渡

琵湖西擘妙高峯怪石奇巖激沆溶一道長虹横水處
恍疑波底有潛龍

高阪超然周甲次韻

退耕安分也天民裘褐披身何說貧別有芳蘭開遶膝
百年祥福一家春

賦桑枝煎應店主需

卅歳工夫脫臼窠高僧遺教煎桑柯外邪不犯壯神氣
一盌玉漿靈驗多

題蓬城筆水墨山水用畫史原韻

吳絖飛毫力拔羣方知胸裏湧煙雲狂炎不到忘三伏

坐領清風一賴君

喫烟行

西客喫烟行即是無常辭知君亦斷腸且聽我譯之青
青南圃草刈之庫中萎縈瘁理所然喫烟有所思蜃樓
忽吹散萬類無定姿紫烟本空華喫烟有所思難持罪
障身銀管閉烟脂劫火能淨盡喫烟有所思死灰又再
燃往返與誰期寂滅真如相喫烟有所思所思非不妙
未解烟客癡一喫消百憂再喫忘行尸胸間無芥蒂不
須著愬咨浮世累可除何物能及茲

大德寺龍源院楣間揭參兩二字

一逕蕭蕭鎖蘚苔蒼然瓦色梵王台高僧遺墨幽齋裏
孤坐悠然參雨來

南滿洲卽事

已見江山戰迹陳悠悠歲月逝功臣風雲又起眼前事
誰是驚天動地人
不信功名馬上多治生產業在民和高粱方熟秋天遠
捲起黃雲似海波

呈內金剛正陽寺韓鏡湖和尚高壽八十

身住仙鄉能保壽心憐凡俗卽同仁他年我亦參禪會
蘿月松風悟性真

朝鮮金剛山十首

羣仙彷彿迭相望石是形骸雲是裳現出唯心淨土國
金剛妙諦觀无量（金剛三域此行唯探內外二勝一萬二千峯占方數十里實宇內壯觀也）

古柏長松翠四圍逼人爽籟發真機淙然一夜石泉激
知是澗雲成雨飛（長安寺客棧倚崖設樓幽閑可愛）

登登蹈破白雲岑石語溪聲太古音半夜禪宮夢旋返
天風挾雨過前林（沮雨）

水洗巉巖蘚色新飛矼斷磵接嶙峋金經護得住香刹
不是尋常火食人（山中一路攀棧涉流先到長安寺次表訓寺次正陽寺香火不斷）

翠松如髮白雲衣亭立中天仰玉妃落日寒鐘何處寺

傍溪危棧一僧歸泝溪竟到摩訶衍路則窮矣
嘶空鐵馬奮鬐行一萬二千峯影明素練百條懸在壁
奔爲寒溜碎爲瓊自內金剛至外金剛其閒八九里危峯成屏隔斷塵界飛瀑懸之瀉爲溪流卽寒霞溪也壯觀無比
恍見乾坤忽混茫雲龍風虎任跳梁正由烟霧助飛動
步步開來萬物相怪巖奇石形似森羅萬象所以有萬物相之名
峭壁如屏挂瀑泉九龍來飲碧潭前觀音峯下神溪寺
拍岸驚濤響颯然外金剛神溪寺在松樹鬱蔥間玉女文筆觀音集仙諸峯繞焉門外有流水沂之則九龍淵也飛瀑懸焉亦是神境
名山第一是金剛仰見千峯萬嶽光想像巨靈擘秀色

雨摩雲蕩幾星霜（李朝黑衣宰相無學禪師題峭壁曰天下第一名山）

林遶雲擁幾重關雨屐來探冥窅間仰此彌高望此遠

莫將愛狎瀆名山（山靈赫著入山者往往損命可不畏哉）

昭和三年十月十七日車折神社奉神輿於
大堰川以行祭典龍頭鷁首三舟外猶有三
十餘艘隨侍之各獻藝能蓋擬往年宸遊也

一棹三舟溯碧川宸遊故事值秋天誰揮才筆寫今日

紅葉如燒酒似泉

神輿肅肅踵宸遊錦繡填江隨侍舟恍惚鈞天聞廣樂

舵樓歌管動溪秋

建仁寺中久昌院卽事

幽情何所適香積展青氈爽籟洗塵垢長松落日邊

城崎秋日

檻外溪山落日曛丹楓烏桕錦成文水鄉風味深秋趣
鱸膾登盤酒盞紛

次韻惺軒博士退官作

經業夙成門三千盛學園懸車閑翫易指顧一乾坤

天命

天命之謂性性也其何似我見老來熟妙契乃直指慈
母未教兒呱呱索乳始的是護生心（生心卽是性字）人事發于

此妄想踵妄動擾擾亂舉止百端保護色藉以掩蔽敵目保護己體者見于辭源齷齪固飾己憶我少年時要揮屠龍技朱紫胡爲者慷慨潔行履白頭无所成回顧徒有悔一悟人性根人性息息耳忘却辱與榮百戲東流水玉碎未爲尊瓦全眞可喜坐臥對南山松風奏宮徽弄之遂我生悠悠林園裏此謂之得性殘年足濟美偶讀伊達正宗醉餘口號曰馬上少年過世平白髮多殘軀天所許不樂是如何其不以壯歲所經爲妄即是爲與余稍異矣

歲杪衡梅院樂集

詩酒餞年會冬陰山寺明閑人殊得意庭樹凍禽鳴

大禮之日文部省舉勵精教育三十年而上者

凡二千人授硯匣以彰其功予亦與焉顧已頽齡無能爲也賦此志感

菲薄多年慕昔賢蕭齋日夕費精研誰憐霜雪渡頭苦簑笠頻行運濟船

育英任重一身輕日日趨衙冒曉行履底繁霜林逕白作堆落葉踏無聲

自坐臯比三十年徒勞百事似磨甎忸怩顯賞錄微績頭白何堪伍衆賢

白頭吟四首

五十九年今夜過空懷雄志奈蹉跎白頭切想江湖好

欲賃扁舟截碾渦

依然槽櫪豈堪誇白髮蕭條感物華且喜路歧不曾惑
至誠卽是指南車

鏡裏愁心鬓髮皤聲名湖海竟如何白雲繚遶青山好
要識老夫安樂窩

漫入山中驚爛柯白頭無力拂愁魔懸崖撒手當年事
也是人間一瞎騾

己巳

矮軀依舊似金堅甲子將周闕一年欲爲邦家致慶福
洪爐築作煉朱鉛京大化學研究所成辦在今春余承乏其長官

己巳孟春初八高源先師十三回祥忌南陽
院主爲設齋來拜者無數賦之奠靈前
十二年前哭阿爺齋場今日聚英華寶刀在室昇平世
沛澤何須斬虺蛇

德雲院樂集夜雪未消庭除蕭然
卉木凋零寂瀾阿擁爐詩客話禪那無端憶得俳人句
微雪不堪成達磨

次韻武田南陽元朝首尾吟南陽在大連
管滿州日報
東風容易又回春普遍韶光照客身吟室明明吉祥語

胸藏萬卷不憂貧
胸藏萬卷不憂貧結得江湖翰墨緣變幻入神才子筆
磨光璧玉寄來頻
磨光璧玉寄來頻藻思方看情性真一點梅花伴幽石
遼東風色捲簾人
遼東風色捲簾人草偃牛羊好卜隣日夜滔滔渾水注
洗將心耳絶纖塵
洗將心耳絶纖塵德行知君日日新一事最欽忠孝念
歲正先拜五鈴神
歲正先拜五鈴神祈念皇威四海振料知邊功成不遠

霜餐雪虐儘酸辛

霜餐雪虐儘酸辛多少汗青闔外臣舉眼江山有生色
東風容易又回春

詩禪一味

詩貴抒性情又能寫真美推敲費精神苦吟或抵死字
字聯金玉句句極妙技羚羊角可挂水中月可指乃至
人間事哀樂與怒喜每隨萬境轉一心本張弛一枝椽
大筆縱横任驅使此域固靡他到底禪是已詩禪不可
分一味見精髓悠哉風雅頌可望不可揣登高自初地
努力繼前軌步步誡輕卒一蹭違千里

詩禪一味

商量唯關一性情畫龍未筆試點睛苦吟推敲心肝徹詩聖未免太瘦生聯得妙悟證玄慧經典祖錄有頌偈善巧方便文字工禪家亦是詩人裔是詩是禪異歟同究到本源語句空一味詩禪好公案月在天心水鉼中君不見絲絲雙行元不會拱向北辰乃相賴詩境禪機果不分對箋凝然入三昧嗚呼雋詞隨手成恍訝飛來自天外

次韻超然立春作

立春節邁未全暄雪片時時庭砌翻獨喜早梅訖清操

冰葩玉蕋倚黄昏

長岡觀梅

好事多魔恐失機探梅祠畔獨依依過如不及還惆悵
殘雪裹枝花尚非

高槻伊勢寺 葬宮女伊勢墓前有老櫻樹樹下石碑刻其歌詞寺藏硯鏡四
十七年前一遊已觀焉

斜陽喬木匝佳城幾度劫塵餘瓦甍黄口前年弔陳迹
白頭今日寄閑情硯池蒼古雲光潑銅鏡精瑩汞色生
刻石妙詞奇彩在嫩紅尚綻寺門櫻

御室觀櫻

襯地紅霞樹樹低賞花好向寺門題胡床煖酒人行樂梵唄澄心佛轉迷京洛交遊足文字壺天蹤跡一袍綈郊村日午趁鷗約新霽何嫌融燕泥

清明多雨聞　天子將巡幸伊豆七島

節入清明須襲衣陰陽變理孰知幾桃花水暖春又旺梅蕋香凝寒尚威歧路彷徨民不安幾人顯達道將非君王宵旰親圖治絶海風濤進錦旂

次韻鳳岡先生致仕述懷作

木鐸多年喚世醒何嫌奔走迹如萍胸藏才識文偏麗門聚英髦教乃靈桃李不言蹊自就蕙蘭抽秀畹斯青

遂初今日開賢路功業千秋在毒亭

屢次東上

五十三程夢一炊屢過函嶺欲何之味推竹葉酒亭以饅有名
饜蒲燒醇似葡萄嘗米奇不二孱顏終日對相模靈浴
百疴醫休言羈旅傷神足迎客亭翁是舊知

讀書十首

漩環瀆薄又憑澴鼓作砯巖勢壯哉羽觴蔬鱻叩舷詠
靈潮萬里逼人來
强鏠銅山爲愛錢鹽田孳貨豈希賢豆分瓜剖失歸趣
一德何時樂舜天

壒然吹起庶人風致溼毆温甕牖中豈識玉堂羅帳下
發明耳目大王雄
鮫人之室極深庭水怪天琛各賦形一路蓬萊挂帆席
曠哉坎德自冥冥
節豈吾名大陽曜玄陰不昧潔其貞因時興滅從風散
心境浩然無所營
天地爲鑪造化工陰陽是炭物咸銅未初有極忽而變
坱圠無垠好惡同
辯慧能言容止閑雕籠喪侶帶金鐶涼風悽切哀鳴激
殘翮無由崑嶽還

處身似智本無知飛不飄颻巢一枝可笑鶡鴻詫其大
羽毛入貢負矰時

神行軌躅隘中州睨影高鳴獨踐蹂羈養兼年恩隱渥
龍姿雖老竟無儔

無常天地泯方圓蕭艾芝蘭看錯然皎潔心胸不相管
朝陽晞髮漱飛泉

初夏嵐峽二首（舟遊祭自今歲以五月行之賦奐）

峭崖逼處水瀠洄新樹鬱葱凝碧瑰最是關心望帝恨
啼痕斷續紫紅堆

斜陽谷口畫舫移嫩葉含光綠作帷花片流從上游到

桃源應是餞春遲

妙心寺隣岡和尚高壽八十一大典賜天杯

無限恩光及薜蘿天杯傾盡浩然歌機鋒豈落趙州後
八十高僧吐氣多

鍋谷博士醫館新成

百疴皆可瘉靈藥是伽陀壽國眼前在春風坐上多

室戸岬二首

恍然身墮碧波中一路迢迢指洞宮莫立巖頭弄長笛
龍移恐捲石尤風

地角南溟不曾泑奇巖綠水共爭光明星入坐海天曉

覺了頭陀是此鄉

暮春同賣劍飲逗子養神亭此日烈風

高揭旌旆據筆城文壇老將善談兵水樓一夜閑題句
和得狂瀾嚙岸聲

己巳六月　車駕親蒞陸軍造兵廠賦贈

三輪廠長頌其榮光

隆隆國運日增輝尚武氣風環海稀料識　天顏有怡
色城東工廠閱兵機

樂社追悼故山口松南翁余以事不能至

賦奠代蘋蘩

詩徵酒逐果何時白玉樓成載筆之留得音容彷彿在
靈牀泣奠社中辭

次韻應某翁需

白鷗渚外一簑衣明月蘆花願不違鑪底丹成知有日
十洲三島自由飛

高野山宿櫻池院久保檜谷栗山學士來訪

嶒嶸一路隔塵氛老樹四圍仙境分閑臥僧房餘半坐
滿身涼味伴溪雲

大門夜歸

天涼林樹黑缺月帶樓門佇聽靈禽語衣巾露有痕

下高野答人問

誰言高野亂絃歌我訪聖蹤靈感多破曉刈萱堂外路三三前後肅僧伽

新和歌浦

高低臺榭靠雲嵓無限清涼透布衫隔岸鐘聲紀三井斜陽一杵送歸帆

多木肥料翁

洪爐幾歲助神工白髮依然唯奉公咫尺　天顏拜優旨榮光顯赫一家中

觀長良川鵜飼　七月三十日夜

莫是周郎破吳日舳艫相接火篝明長年此夜操鷀巧
尺寸香魚輸入城

下木曾川 七月三十一日

翠屏忽擘水盈科潭底潛龍捲白波下載清風足擔取
扁舟破曉下曾河

詠史

坏土未乾傾闔閭梟雄不除奈豐家乃檄東奧衝其背
自督西軍策龍拏東奧不動梟雄笑旌旆忽西行兵妙
掌握霸權正此時指揮風雲嗾虎豹諸侯三百何醜態
唯利之計惑向背獨有刑部記舊恩病餘之身甘玉碎

何論義舉無勝算殺身成仁靡所悔慶長五年秋九月
兩軍相會贏輸決白布裹面坐轎輿輿中叱咤麾軍卒
已酬大閤兼酬親荒草空灑英雄血我來弔古暮秋間
想見萬馬扼險關俠骨不瘞天同哭寒雨蕭蕭羃四山

詣妙國寺　并引

或辱婦女或傷無辜因釀事端遂掠邦士是西人慣用手段也我堺浦事元章一死以護國折敵可謂實是傑士矣然世唯知重龍馬輩而終不省元章何也

護國勿頼兵與財財長倨傲兵凶災虎狼之秦可以鑑

發揚國光在偉材閶雲飛來自天際邊疆傳警變形勢
藉名和親何夫詭竊人家國奈狠戾慶應戊辰二月春
佛艦來船泉州濱侗恃精銳亡狀甚白晝公然辱士民
此辱一忍何可再周鼎失權起妖氛天壤無窮國本濬
不許醜夷任蹂躪決然起者箕元章君是南人而綠鬢
夙以才學見頭角奉命堺浦從撫鎮一擊斃憨膽如斗
不畏強禦致臣藎誣以殘賊訟棍煩佛人同瘞死者於堺浦立碑題曰虐殺紀念碑頭者私移之去藎自悟其非者歟搆事強難驚九閽唯令大義傳
千歲一死元來不足論二句元章辭世之語從容伏刃且如歸正
氣浩浩貫乾坤儕下十人同死節招提留得碧血痕醜

夷相見面如土不忍極刑償私寃翻覆前議辭亦卑劫火幸免殲幹根君不見東方氣運日抑塞獨有神州長立極志士是壁仁人城不動如山仰威力非兵非財富强因祇應砥礪養至德我來墓前掃青苔雄魂千古儼護國

龍泉庵主愛培玉兎蓮賦似

滿天風露曉星殘倒岸羅巾倚石欄皓潔心胸本相似

盆蓮（玉兎蓮異名）出水玉姿寒

鷗社二十五年

自從騷客競菁華觴帙欝然充五車月露風雲任陶寫

百花堆處彩如霞

次韻超然作書懷

探源空折臂堪笑鐵牛蚑物競如麻亂心煩似酒醺雨過苔砌濕林遠夕陽曛好擲卷書去飽看西嶺雲

秋興次韻

家居郊外寂無喧獨有松濤洗想煩節入新秋晚涼動虫聲唧唧促吟魂

八月十九日紀事

大鵬垂翼九萬里直搏扶搖雲霧裏須彌山畔揖神仙盤旋來飲霞湖水

歡喜集

滿鮮之遊已及數次熟路無奇頗覺倦怠十日之間閉目念佛獲伽陀數十首輯成一卷題曰歡喜集蕪雜淺陋豈謂能賡寒山哉

世路

東泊又西漂孤舟色海波此生多所思一一作伽陀

南禪僧堂

行行萬里餘世路暗愁多記得秋風夕蒲鞋入且過

居士林

樂天參莫作斐相識真儀居士林中客追蹤者阿誰

同參

同參五百指疇昔競菁華今日皆皤首誰能領絳霞

參禪

高源餘一滴澆入石盤陀苦苦蒼龍窟白頭如我何

南方魔子

莊嚴歸北禪枯淡是南宗卽相者無神得神者沒蹤

雲衲

鉢盂行乞後薪水飯頭安不問紫衣貴倚天長劍寒

妙心寺

松老而雲閑山門足風致巍然七堂聳大法不虧嗣

南禪寺

境幽禽語寂鬱鬱寺門松這裏上人在安禪制毒龍

僧有黨

一國聖人起生民爭讓畔山中豈無主不納氷兼炭

聖僧

豈顧聲名播獨憂道德非衆推參議政轂餗著朱衣

僧界

林下問行藏衲衣多縛束心身雖脫落不免俗中俗

國寶

林泉極數奇畫障烟霞好閑卻宗乘事生生護國寶

大善知識

毗盧步頂上返本道逾精請見善知識入廛垂手行

火宅僧

出世住名山塵緣香火間不憂瞎驢死諸子護玄關

歌集

出入有車馬度支鬻名器不須傍人管必竟是私事

生如來

地獄業因深堪傳佛心印生如來所化檀越皆精進

書畫僧

丹青啓書記學道有聞與濟世度生人不將小枝居

引經兼按史容易五千文信仰無攸據恬然食五葷學僧

平壤

千歲興亡古岡陵起伏間牡丹台下路江水激漩環

樂浪遺址

高粱斜日照颯颯隴頭風累累餘墳墓悠遠漢唐空

高勾麗三墓

繪雕營壙墳瑞寶隨身後骨朽寶還散到頭石不壽

山寺

昨修施餓鬼授戒今朝未信宿訪山僧不嫌蔬筍氣

山僧

落葉埋三逕桑門守孤獨自非度生願何以居幽谷

葛藤

分明識南北肯問台山路婆子與趙州妙經仔細註

守愚

我亦迂愚者百年守舊株金丹燒未就突兀築洪爐

誓願斷

洪爐治性根煩惱火中斷弘誓願如海能令到彼岸

無爲

從看桃花唉到今不復疑高明天所憎嘉遯在無爲

安居

山中過一夏移屐坐禪餘幽磬夜深斷松閒月皎如

雪泥

辛苦雪爲團風姿達磨類欲留作者名背鐫物安字

紅椿

窮陰上巖巒顧望萬緣空一脈存生氣冬花椿樹紅

高野山

一路入雲峯賽人魚貫上大師弘誓願道德千年仰

消夏

不羨大王雄避暑有松風蹲踞親羣籍夢成栩栩中

苦熱

狂炎如酷吏不免怨嗟聲金石亦將鑠𡋯然三界城

山中

翠松棲白鶴碧磵絳霞中避暑攀天柱泠泠脚下風

北窗

夢覺北窗下鐸聲知有風瓦鐺汲金井茶味篆烟中

火雲

避暑松風下松風又𡋯然地中泉水涸天上火雲懸

安分

守分身長富不貪心恰春乾坤任吞吐丈室百花親

舟中

操舟從水勢功力在篙師處世亦如此匹夫安得知

即佛

獨尊無多子眼前選佛場觀一切是空即身即放光

觀世音

即現卅二相妙機在一心到底是慈悲南無觀世音

布袋

俯仰天地間裕裕靡所抵包容櫟與樗布袋是無底

達磨

西來蘆上客隻履那邊行野火燒不盡春風吹又生

佛恩

享我無量壽明吾根本智悠悠天地寬佛德長心醉

佛弟子

何云佛弟子日持戒定慧脚下須顧照淤泥慎勿达

宿雲

何處梵王室虛空起暮鐘宿雲不飛去鬱鬱萬年松

燒藥

入山獨未還醉臥飢來喫何日就金丹江湖拯覆溺

茯苓

懸崖生竹樹幽磬漏疎欞君亦有閑事松間采茯苓

參雨

犂鋤半圃中欲作秋花譜寸苗復如何窗前參曉雨

老大

計五十首　歡喜集終

走馬燈中者悲歡取次回誰能憐我拙老大又休哉

九月廿九日相國寺樂集時有號外

報田中政友會總裁急死

文室聽秋雨吟情禪味參紛紛湖海夢不上坐中談

紛紛有爲世火宅竟如何驚破參禪客秋風門外多

雪江松

金鱗鐵爪攫雲起龍吟鳳鳴天半爽裁之者誰雪江叟

寺門懸得好標榜一山繁華幾英才明鏡皎皎本非臺

劉顛羸蹶何相管法王殿上紫雲堆星霜五百悠悠過
寺仍依然樹獨瘥雖有槖駝施無術蒼翠失色可如何

同題

百尺長松安在哉寺門恨事翠雲頹清風不度琴絃斷
凍雪空飛舞影摧欲起龍姿擬庭柏且移牛步弔天才
人間一例榮枯迹莫向燈前賦劫灰

同題七絕二首

千歲長松護梵宮翠雲香火日圓融祇當禪板會心要
一點靈犀眼藏中
百事人間似楔碁寺門消長有誰知風聲嗚咽老松折

忍看千年勝景移

詩仙堂

詩酒悠悠樂晚年英雄回首便神仙千竿修竹風窗夢
不落劍鳴鑣轡邊

秋園卽事

此生不覓衒才奇一喫清茶讀倦時無限秋園佳麗地
翦紅裁紫作吾詩

十月十六日造幣局員有芳野觀古遊余亦
與焉山上聽史話得詩四首

四十年前訪梵宮落花啼鳥酒杯中今日重來感多少

雙鬟吹絲舊苑風
誠忠扼險護皇旂脫却袈裟換鐵衣青史不傳僧寶迹
獨教卿相放光輝
松杉鬱鬱逼雲霄天日無光噪晚蜩帝業未安空按劒
山陵埋恨弔南朝
兩朝爭器建元年廢苑尋來意黯然獨喜武臣名節重
芳山史蹟與花妍

暮秋東福寺卽宗院樂集

偃月橋頭苔作氈楓林一帶夕陽妍風翻秋錦繽紛落
粧點郊寒白面邊

萬朶錦楓千仞岡未逢雨打與風狂通天橋上停筇立
不獨櫻花輝國光 次韻

鹽原秋日作

逶蛇林逕傍清流行訪蓬壺不借舟斷峽雲飛曉天雨
深谿紅滴夕陽秋機心已息軟塵外景物仍姸古渡頭
日夜泉聲助豪興何妨醉裏賦潛虬

同題七絶二首

激石水聲穿錦雲滿山紅葉夕陽曛旗亭沽醉賞秋色
筆陣忽開千萬軍
白帝城邊聽斷猿夜雲深護薜蘿門風吹木末飛霜葉

一路前溪月有痕

秋夜城中并序

越野生似詩余爲改删不存一字不知以爲生詩乎以爲余詩乎問生生不答且收之余稿本云

萬家夢穩夜沈沈月照瓦甍秋正深忽見流星芒似尾和他吹笛落前林

偶作

儘借烟霞寫所思盤空硬語奈支離平生一事向人詫不讀放翁而外詩

酒後

且樂杯中物輒言滌塵垢世事不可廢百忙從酒後

村居冬日

冬郊窮景凍禽饑幾處田疇溝水晞落木林疎山色補
柴門午寂客蹤稀荒園移藥犯霜氣病眼題詩破道機
催雨微暄村巷鬧獅頭童子乞錢歸

冬至前一日邀客于衡梅院次韻龍泉庵

主作

壺中天地絶波旬說漢論胡主與賓心境玲瓏無芥蔕
半宵喜伍武陵人

己巳歲杪作

宇宙茫茫玄又玄一陽來復歲將遷回頭自笑滿衣垢
已閱人間六十年

庚午御題海邊巖

拍岸狂瀾去又回碎成烟霧瀰天來維巖維水爭釣勢
終古依然雪裏雷

六十自述

百代光陰過客前此身六十尚磚全炎涼幾變嘆塵世
駑駿不分甘鐵鞭簷蔔林中栽法種須彌山畔悟真緣
風清月白感多少金石鏗鏗時上箋

周甲

維鶩維駿何免鐵鞭櫛風沐雨吁六十年

春初書懷

也無醉夢掣長鯨告老郊村將解纓賢哲葆身蹤可繹
蕙蘭挺秀晩堪耕詩唯言志唐仍宋書以包蒙德與英
最是春山微雨後樓頭一抹暮雲平

賁豬　丹波人松井元良所持贈

此夕幽懷不自持霏霏白雪挂松枝丹人貺我山鯨美
也向爐邊侑米奇

超然移居

門巷蕭條野望平潺湲流水擬琴聲林逋風趣留仙鶴

擁屋梅花雪樣明

遮莫寒温節物爭梅花如雪一庭清知是南陽高臥士
閑吟梁父倚軒楹 次韻

龍泉庵樂集

逢著梅花枝一枝儘將顔色鑑清池探詩雪後龍泉路
何遜灞橋驢背時

豹軒博士自歐洲歸

月浦雲山興不窮丹磚畫棟綺羅叢錦囊萬里歸家日
珠玉盛來耀海東
昨送仙槎警石尤梅花今日飾歸舟憑君欲識紅毛士

有執金經講道不

洛東光雲寺樂集

春風會友以文鄉不用金釵十二行美酒元來無曲巷
探梅丘壑遶羊腸

次韻月浦周甲作

教壇盟主操持堅引退養真華甲年枝葉同榮知善果
鳳鸞偕老證仙緣夙親翰墨想才雅乃滌塵煩期道全
洛社無羈助吟興春風秋雨樂陶然

鞍馬二首

路削崖懸逼九霄茂林晝暗不逢樵破甍想昔栖天狗

滿鑿風行羽擊脩
盛衰換地刹那間西海風濤葬玉顔咫尺誰知禍機伏
九郎習劍是斯山

次韻中川香村見似作二首

奔走紅塵裏不知詩境新今年忽周甲何句以驚人
山陽領風景詞賦百篇新馬首若西向先須訪此人

無題十首

學詩三十年嘆息無進境模索勞暗中不辨形與影
把他貌我真月且是言已不免心腸見開口石榴子
遊屐不踰戸胸無半卷書自言有別裁詩也復何如

命意甘槽粕立言從爛熟詩成不見奇奇處木接竹
中聯配梅柳落句必琴書結構準繩墨千篇悉一如
輒言讀萬卷萬卷何曾讀得意銜淵源淵源皆魚目
我觀詞客語命意頗相重横側廬山趣到頭同一峯
惟由求妙語添削任他爲回顧無身分不知果是詩
不辭生硬目油腔嫌爛熟出語須清新洞然披心腹
句句有精神篇篇皆創意放翁八千首博學乃爲地

題松

正是君家好標榜蒼髯蓊鬱領庭隅梢頭一夜挂明月
展得游龍抱玉圖

村居春日作

回駕東皇度後園菜花雲雀傲晴暄老來殊覺村居好
坐弄春芳倚小軒

城崎坐湯傚山谷體

滄浪濯足非可企舞雩成詠或不難玉漿滾滾通地脈
神仙秘訣此還丹柔櫓喚覺黃塵夢十里荻浦一釣竿
咫尺上方温泉寺聽自松籟悟涅槃

城崎客次遊日和山戲圖題以長句兩拙
不足觀耳

山陰地僻少勝事日和山獨知于世城崎客次思一遊

烏帽高屐趁春霽積翠葱葱映波間奇嵓怪石儘可攀
蛟龍窟兮神仙宅水石相依真名寰乃自嵓角窮目力
碧海蒼茫鄂羅邊右控若丹山川鬱紆餘曲折灣又灣
廢帝遺跡知不遠依約隱岐送去帆此日風濤激於雷
珠璣紛然飛沫來行客莫是觀世音挂白不帶半點埃
化工妙手展大幅筆力健舉壯心目歸來猶思雲烟纏
聊記長句誇眼福他年有緣重相訪持贈山神與海若

櫻花

可憐一夜捲狂風滿地落花春色空玉碎同期何物是
捐身護國士林雄

椿樹

綠葉玉枝經幾年風姿知是樹中仙玄陰不昧擎陽色
和雪紅葩幽砌前

百日紅

聽盡啼鵑夏已中一庭卉木綠陰濃艷雲獨挂纖枝上
不怕狂炎百日紅

御室觀櫻二首

翻翻舞影想花神紅發朝陽萬朵春別有紫雲垂匝地
香烟裏玉是同塵

萬樹櫻花寺苑明嬋娟國色也傾城枝枝離地唯三尺

恍訝身從雲裏行

憎花下驅車者

開落無間夕惜晨可憐秉燭夜遊人傖夫不解風流意
花下漫揚車馬塵

秦藏六喜壽次韻

妙技溯周漢不磨金石功天慶享壽福七十七春風

衡梅院觀白躑躅花次韻

一叢躑躅滿枝開白盡摩訶般若臺半日苔茵拂塵念
笑吾風骨帶仙來

四月二十九日衡梅院觀白鵑花于時

臨時議會方開句中故及

天長佳日萬邦同也許御杯僧院中滿地銀砂開躑躅等身銅佛證圓通議場侃諤想高論禁闕清明仰至公解愠薰風夏將到葵傾盛德化無窮

題左甚五郎作睡猫次韻

朱樓金殿眼前鮮山色增輝真可憐社鼠千秋杳無跡狸奴永睡暮門天

昭和庚午京大金曜講演後作從前回

講演至此正經二十年

推移世運感滄桑重上講壇二十霜猛毒放烟人欲鬼

杳空飛艇國無疆諸生好事趨邪說四海偷安失大綱
苟有不爲先自主神州正氣與天長

次韻西田博士鎌倉偶成四首

休言兹退老究理日維新苦節以相比寒梅花下人
悠悠千歲古祠畔偶來過仰見老銀杏興亡閲得多
功名歸昨夢白首感如何霸業湘南地榛荆不耐多
海迫窮冬曉寄蹤恩隱人南軒時拈句吳繞墨光新

庚午五月十六日京都帝國大學附置
化學研究所開所式後作

參將造化討玄幽擬得庖丁一解牛膴仕廿年何所致

高榥城外小磚樓

天龍一指

宛然鬼子筆端成巨眼如盆怒喝聲隻手添來漫自詫
天龍一指舉明明

西芳寺坐雨

初地已知忘物形西山古刹敲幽扃池湛心字潛魚在
砌著苔紋墜露青清磬穿雲塵念斷破甍參雨道機靈
林泉歷歷徵前事開祖塔邊終日停

七月十二日即事

鬱鬱三旬雨惠然作電霆斷梅從此日簾外四山青

黄梅院壁幅曰别是一乾坤補足以成

一律賦樂社近事

浩浩吟風月此中至樂存本來輕得喪别是一乾坤訪
古敲金石論文對瓦罇豈云無去路不掩地仙門

送中島静甫翁之東都

京華相識也前因同笑交歡跡尚新塞馬無端感離合
壽康兼到送伊人

七月十三日黄梅院樂集豫修周峯翁十七
周忌（翁歿時在大正二年七月十八日）祭事席上賦奠
一院光風入斷梅詩人興會醉深杯傷心最是墓門古

片石長標雅頌才

意氣曾參兵馬權儘將成敗問蒼天劫餘身擬五湖客修到風花雪月仙（用先生自述作韻）

筆到白描方有神玉池門下仰斯人妖氛捲地遼東役剖析正邪詩史新（先生曾云詩到真處白描勝於著色如其著外征紀事詩可以證也）

已將寵辱付盃觥天許閑人（條公所書）題扁明悟得悠然彭澤意五言隻句也長城

奉贄山房侍絳帷書生白面始知詩菲才自愧筆無力堪掃墓田青蘚滋

頃因龍泉老師勸說描佛祖因緣十六題各

揭以偈天龍老師名曰爛葛藤題偈如下

碧眼胡僧白紵衣任風江上一帆飛鳳凰殿裏陽春曲
長笛聲聲和者稀 達磨

動者是風將又旛觀爲心造豈吾門無端藤葛累兒女
延到如今空費言 六祖風旛

寸寸稚松雨露功須傒百年仰龍葱金剛法劍傳心要
振作宗風一喝中 臨濟栽松

逢著何知是佛身山河大地眼前新禍機醞釀電光裏
擊竹一聲驚殺人 香嚴擊竹

疏鈔投火氣如霓三世點心原所齊吹滅燭花門外黑

黑冥冥裏辨東西　德山燒疏

映戸青山白日長無心執管畫圓相生憎隻眼迎居士
釀得紛紛葛一場　資福圓相

到江吳地一齊盡隔水越山連續多借問趙州無字外
著衣喫飯是誰那　狗子佛性

已進何退隱峯車輾損大師三尺脚免得成風領後斤
依然雲嶂眼前落　隱峯推車

滅却心頭剩劫灰孤身不惹一塵埃五條橋下破衣客
行丐幾多瓜子來　三十年狐窟

二三四七道方東寂滅爲樂色即空鐘磬未鳴人未起

半宵米白碓房中　六祖碓房

殺人劍與活人刀活殺隔機無氂毫道得還同道不得
一條迸血向天高　南泉斬猫

八面來也八面打不凝滯者是吾心金鐸丁丁和風去
人間唯許撥棺尋　普化

說細說疎無所用大唐天子一拳中到頭銅佛有威力
七尺長軀曲似弓　黄蘗禮佛

壺中消息榮枯斷無限河清兼海晏遮莫天龍一指禪
伸來是直屈來厂　倶胝一指

恣燒木佛欲爲何更請兩尊真惡魔撥遍寒灰求舍利

杖頭觸處放光多　丹霞燒佛

三十二相菩薩功善男善女化無窮何時鍛得并州鐵
一片昆吾斬大空　補陀巖上

大暑二首

重簾不隔暑威嚴流汗如泉透薄衫例道今炎超昨夏
到頭過去也平凡

入夜狂炎猶未戢萬家齊坐釜中急何人爲決天河水
無限清風倒壺汲

長門峽　八月三日中川香村東道

湛爲鑑水碎飛淙注到龍淵變欲窮斷磵釣矼通谷口

長門峽在白雲中

鎮江山臨濟寺緬思拾雲老師在京都

兼似現住江嶽和尚

名山永鎮大江傍此處雲公古道場初地先知物形外
無涯法德仰和光

安東觀石佛高橋村兩居士所奉安

恍訝此身天上行柔和妙相照無明試論藝術及神物
北魏精華是確評

五龍背坐湯

消暑靈泉人未還移牀日對五龍山誰知此地征西役

萬馬來湔戰血斑

五龍閣壁間挂河村亞洲南京懷古作

追懷曾遊愴然次韻

幾箇英雄漫弄兵歷朝遺跡悉榛荆秋風落日孝陵道

天地茫茫逆旅情

滿洲客中作

痼在烟霞涉大川孤筇四訪滿洲天將軍幽壙任他築

我爲青山聳吟肩張將軍墓近成於營盤結構壯大○吟及用

歸舟

把杯中夜坐船橋月自檣頭照海潮風露滿身秋冷冷

紅樓昨夢儘冰銷

三輪中將退官次韻

一葉催秋露井桐懸車賦就古賢同莫嗟鬢髮還非昔
護國永留兵器功

蓬城移居次韻

人境結精廬殊欣車馬疎豈無儋石儲況有五千書

孫德謙令嗣懷瑛娶妻

賀筵今日頌榮光鳳子龍孫卜吉祥三十四十如過隙
金婚銀婚又重慶

題自畫達磨圖

不倒山人作磨祖慇懃寄我勸規撫規撫三百勉不倦
造詣他年值千古三百四百幾千回裒然故紙案邊堆
屈指匆匆二十歲萬餘胡僧寫得來昨與山人話平昔
眉宇憔悴苦心迹山人斥罵聲如雷得少爲足妙豈格
臨池盡更累萬紙技巧或有進寸尺老憊六十已自嗤
乃期八十策行尸君不見空華宗風本無物枉描狐精
費力爲妙在神契筆墨外區區形似豈關知

送不倒畫史三遊佛國作 大正五年

丹青不倒子筆端捲雲烟壯心猶未息三上西渡船霜
髫遊巴里舊雨知那邊戰雲咫尺暗流彈亂陌阡滿目

腥羶氣俯仰萬感牽錦囊盛何物悉是捕魚筌妙技在
神會吾子其勉旃祖筵情款款歸來期兩年定知九皐
鶴畫史舊號鶴園清唳達九天啁哳顧燕雀高邁敵無前

秋雨

閑無事裏撥爐灰古佛龕前一耆鮐微雨蕭條僻村夕
數竿修竹帶秋來

告老六首

六十老衰乞骸後無人不道賞風花百花不省清風棄
滿面黄塵向勢家自嘲
脫却衣冠未馴鶴後園移植數株花雲烟飛過前山近

堪訪羅浮隱士家葛洪鍊丹羅浮山
五經蒼海三登嶽覓遍人間長命花欲鍊金丹何處是
鬚眉如雪未成家
衰老贏來詩一卷天無風月地無花盤空硬語從情性
枉謂媸姸在自家
腰纏十萬非吾事看過揚州多少花老去猶餘閑日月
人間富貴半僧家
卜居西洛悅心目三尾秋光御室花百尺長松裁作榜
吟笻任訪野人家

濟門大德爲余設賀筵賦此代謝

秋月春花未了緣鬢眉偏惜歲華遷金丹若善解生死
不避棒頭三十禪

老馬行

維昔華陽穹廬下百草原頭石溜瀉真箇東風馬耳吹
世間功名聽似啞一朝過入伯樂選求沽江湖任流轉
養在官家甘櫪槽日向城東習蹂踐鉗勒絡羈勞馳驅
公子金鞍費顧盼隨主從戎朔漠天暗雲不披年又年
淋漓汗血盡王事比命鴻毛矢石前薪水擔得通糧道
崎嶇坂路輕一肩遺恨千秋痛到骨脚力漸衰長是騫
自分市井負荊棘鐵鞭濫下折脇肋豈圖皇恩及殘軀

解羈脫勒歸驥北驥北水足草亦青獨臥樹陰長憩息
不懺龍骨今已非吹鬐朔風捲地黑

投老倣山谷體

仿周何日發鑒燧泝漢無由煉金丹迂拙自悔徒守株
何異啣石投淼漫玉佩朱紱荷天眷魯縞難穿奈衰殘
不若繩牀飽蔬筍誅茅欲占水雲寬

造幣局泉友會贈朧銀山水花缾賦此

代謝

青山綠水尺餘中愛見尙方凝技工一片銀華積如雪
茅堂亦飽大王風

太秦觀牛祭 十月十二日夜

求藥徐福率童幼來踏東海累葉茂中有一族居太秦
勸農勵工致殷富太子聖德就此鄉創寺敷化卽蜂岡
牢乎祖風不可拔副社大辟祀始皇別有牛祭存古俗
寺庭築壇祈歲穰我住此地經年五告老始得恣目睹
秋郊日暮星斗爛鼕鼕促人轟羯鼓士女麕集溢祭場
拜見神鬼就行伍神曰摩吒羅騎牛四鬼步行皆操斧
揭燈出門過村落歸來匝壇正三數乃登祭壇正位列
齋誦貝文朗音吐篝火明滅照異相肅然天地拂妖蠱
此時神鬼擲經起猛然作勢入堂宇儀了衆散方三更

缺月穿林繁虫鳴在眼千年秦時俗恍疑此身丹又成

次韻乾山翁見似作却寄

揚風扢雅文才逸修德持謙道譽全海內靡然歸泰斗
百年教化手中權

城崎溯圓山川

一葉扁舟載酒行蒹葭敕敕帶風鳴丹楓烏桕秋將到
挾水青山暮色明

玄武洞

椈梁鑱石是天工玄武洞門雲捲風維昔山陰拓名勝
一枝椽筆仰英雄

化學研究所舊僚貺予佩文韻府賦此爲謝

督學無能謝白頭舊僚稱績厚相酬佩文韻府百餘卷
長在寒齋伴雅遊

十月三十日文省舉教勅發布四十年
紀念式賦此志感

國體精華樹德中一心濟美世無同憶曾庠序拜光詔
四十年來未忘公

植物園觀菊

秋入江城木葉稀繁華如夢雁南飛獨欣芳菊捧祥瑞
雲錦披來天女機

愛山移居次韻

愛山仙史好親書酒愛聖賢才有餘想見夕陽閑寄傲洛西風色入吟廬

病牀錄并序

去秋獲病入大學醫院發熱苦甚仲春小瘉始而思詩日獲數篇豹軒先生一一點檢詩情益動病勢爲衰今將退院輯錄附刊凡若干首聊以代日錄云爾昭和辛未春分前一日物安居士識

患眼

從抛書卷幾經春臥榻空餘病老身眼翳未除心翳倍
藥爐紅畔感傷頻

患糖戲書

此生枯淡愛家居蔗境日臻閑讀書卻怪天公弄奇手
使吾患蔗老衰初

病院

四來男女算河沙病入膏肓要縛迦敗壁破房聯臥榻
返魂香裏閲經過

自嘲二首

漫道抛名利不抛何所成病牀無氣熖老老一儒生

吾生超六十行看古來稀可笑頑冥者蒼顏未悟非

福壽草

羅襪水仙子梅花亦鬬芳新年别添瑞福壽一莖黃

次久保田理堂翁見似作韻

丈室悠悠養宿痾維摩禪定竟如何鶯花三月好飛錫
傍若無人吟且哦

芭蕉翁次豹軒先生作韻

枯木寒鴉落日村眼前光景妙機存從參止水驚蛙句
萬象唯歸十七言

余曩著東洋鍊金術一書告老後將歐譯之

恐不能成焉慨然有作

瓶花凋落几塵堆伏枕八旬春未回太史周南何薄倖
暮年終恐失明來

次愛山見寄作韻

一代文章關盛衰水雲自在（愛山自述語）見宏辭言言句句
皆烹鍊珍重愛山仙史詩

患眼書感

憶昨登高能作賦眼花今日負桑蓬牀頭模索書空在
人坐倫敦重霧中

寄懷放光窟老師在醫大病院

聞說師兄轉獅坐東山眉黛入吟哦欲賡高韻空咨嘆
病眼拋書奈弟何

次放光老師見似作韻三首

心空我亦杜多客未買青山未買田脫得江湖風月累
病牀三尺打閑眠

悟了元來未悟同十年蹤跡眼頭空無端又遇杖藜雪
看做瓊華是魯翁

醉中天地闊豪氣似師稀不飲吾同病如何悔昨非

題楠公訣兒圖

父赴兵庫死仇敵兒猶幼弱不可適櫻井生別泣路歧

去從阿母辛勤歷南風不競奈吾皇思到遺訓獨迴腸
正平二臘奉節旄一族題名下輪堂四條畷近古櫻井
從訣阿爺也十霜被矢如蝟臣事終臨死猶希皇運昌
兩楠事蹟人天悲畫師好描訣別時勸孝誨忠事切實
何遜義公嗚呼碑

辛未二月十二日地質鑛物學教室
火災書感

簸揚劫火迸岩漿眼見乾坤橐籥場若撥寒灰推物化
須彌真相遂難藏

寄懷佐佐木法博同在病舍

報國文章有盛名辟雍珍重是長城冷衾如水燈青暈
憐爾半宵煎藥情

讀向陽書屋絶句題後

陸離光怪病牀前對卷詩神已快然百八摩尼珠一串
不疑兩句費三年

再寄愛山

愛爾詩兮罵爾詩此生癡絶比無辭吉光片羽足珍異
看作塵埃竟曷爲

次韻應松偃老人求

北海風濤七十年丹心憂國有誰憐無端感觸樊川老

意氣何辭一棹船

辛未一月及門諸子編紀念論文集壽余

周甲賦此志喜

著作翩翩雲錦新明時喜獲幾才人姓名依託傳千古

不信滄溟一粟身

豹軒君山無風向陽諸兄詩以問病

賦呈代謝

臥病猶親湯藥時治之在靜好題詩謝君椽筆偏靈妙

寄我雲山海月奇

岸田書記贈盆梅賦呈代謝

春星數點屬吾家枝幹縱橫盆裏花不出病帷將四月
俄從岑寂得繁華

書懷并引

余年十六在浪華將去向東都修堂水野立夫先生
詩以餞行曰池底久難藏此身秋來一躍奮金鱗預
知千里龍門路急瀨奔湍幾苦辛先生曾在昌平黌
又督龍野藩學明治維新後奉職大阪府余今已告
老顧奉慈教實在四十六年前慨然書感追次其韻
三級浪高難轉身龍門蹭蹬是凡鱗白頭泣對遺篇在
五十年間幾苦辛

讀年華錄有感而作于時余年六十二
獲病久在大學醫院

馬上馬援六十二奉旄征伐五溪蠻想天瘴霧誰清掃
荏苒仍留湯藥間

須賀蓬城贈畫梅喜賦

故人貺我白珊瑚鐵幹橫枝畫老株恍訝暗香生榻下
寒窗明月坐冰壺

病半

病魔半去拂窮愁二月春風入小樓安得韋陀天健脚
錦囊盛句四方遊

小春

微倦抛書出敝幃南軒倚榻浴晴暉小禽求餌辭枝去數點㮋梅學雪飛

平井榴所贈海豹牙材劍鐶體游印

賦贈道謝

胸中成竹運刀新出水鮫龍不隱真誰識極圜冰界物齒牙長得供才人

次韻榴所見似作云翁近日將遊京洛

筆力能穿天地根呼雲起雨駭心魂江湖三月如行舫柳岸繫來雙舍門

買杖醫終許遊歩卽是行藥也自三月五日始

金篦刳肉未逢醫眼界朦朧物象奇若欲出門休跋踖烏藤六尺手持時

百萬遍展鳥居元忠墓

如潮敵勢逼孤城大節長傳烈士名獨怪墓門香火絶斷碑寂寞委榛荊

銀閣寺

茂林修竹護招提粉壁朱欄剩舊題想見將軍帷幕外茶禪纔脫性根迷

黑谷熊谷直實剃髮終身之地云

來訪真宗第一門松風洗耳淨無痕涅槃夢冷恩讐絕
西海衂刀騎士魂

鹿谷訪靜處翁

高臥東山去路賒蕭條環堵老梅花幽懷半日留詞客
無限江湖賦楚些

詣平安神宮

聖帝奠都延曆年山河形勝本天然平安祠畔想威德
百萬人家朝暮烟

疏水

孝靈御宇萬人驚富嶽生時淡海成莫道化工漫弄異

湛將一水潤皇城

水力發電所

蹴上山頭夜望城電車如織萬燈明料知水火不相剋
轉械推機文化成

過南禪寺二首

一帶青松路貫通磬聲香火古禪宮南方魔子宗風別
林下韜光衣鉢中
三十年前甘棒頭晨參暮請忘寃讐如今白髮重相過
松籟吹空月影稠

早春訪永觀堂昔時堂主有故失境地大半

冤恨不措滅後爲鬼怒喝時時震法山云
苔蝕石橋心字池楓林春淺尚凋枝山僧愛地示奇特
怒喝如雷化鬼時

吉田神社

大小神祇八百萬祀爲總社道根元無端憶起駐伊處
日望穹廬汎聖園

真如堂

洛陽士女奉香火禮拜晨昏叩木魚賴有彌陀三世誓
目前起信了真如

熊野神社

街頭仰見儼崇祠賽者如雲無四時福利乞來他力外
反求諸己果爲誰

病間六首

春分逼旬日和風桃李開病間荐題句行樂在東垓
病間喜無事題句到中宵檐滴催輕暖桃紅卜詰朝
南野發桃李旗亭酒幾場應通若州水京洛遲春陽
問疴四方客友誼抵連城漢篆唐詩外舞謠金石聲
昨送老書生今迎前法主杏林似驛亭行客任呑吐
摩挱勞病眼對几味清閑一卷端坑考紫純兼眼圜

春分前一日將退院有作

金刀刻骨遇名醫病在膏肓尚可治司馬眼昏身未廢
許由耳垢世常漓寄蹤丘壑偏修靜載酒江湖但作詩
微雨東山春欲到藥爐間却待花期

歸家

半歲杏林客幾窺地獄門陽春便回駕桃李滿家園以上

計五十二首
病牀錄終

即事

鄰園馳騖奈才遲井雪徒勞獨自知散髮如今坐林下
落花如雨撲吟帷此作去秋起稿未半而俄就杏林今春歸廬獲之壓几間慨然續稿

蓬壺

冬蠅莫是佛頭珠不動凝然著睡吾丈室斜陽温似玉餘生同寄樂蓬壺

昭和辛未四月五日淨寫了病眼未愈頗苦作字剩點闕劃恐他日竟難讀下　物安記

太秦山房詩集終

附錄

文

故理學博士近重真澄君墓誌

君諱眞澄號物庵高知人也延寶以來家世仕山內侯至君考八潮彥君君其二子故別成家君性嗜學少長遊於東京大學業成遊歷諸方後任京都帝國大學教授補理學部長化學研究所長在職三十餘年階晉正三位勳敘二等而無事績可以傳葢君夙信釋氏之說以虛無爲旨終生無爲者殆由之歟抑又藉以蔽拙也晚年移居洛西妙心寺南自謂仙源不甚遠也昭和

年　月　日卒壽　遺命葬於高知城南
潮江山先塋君充造幣局顧問多年局長某嘗贈電鑄
肖像以爲君壽君喜之自撰小傳以當墓誌刻之圖上
唯傳其眞不敢文飾冀使子孫有考云

雙舍記

日來余自署曰雙舍客問曰子久號物庵今改之何也
余曰否非改也物字梵翻捺羅尾也余居雙丘下卽吉
田兼好所棲遲夫雙國訓亦同之改物爲雙而兩義備
焉不亦可乎客曰唯作雙舍記于時昭和四年九月也

科學論明治二十年

人生之業千差萬别而各有其用無一可棄唯時有緩急事有輕重經世濟民之士精察熟慮以効力於其急者重者可謂爲學之方也已鴻荒之世民無彝倫而獨知衣食或披木葉或食果實世漸降則耕作機縫百工之道生焉然亦不出衣食之外也夫食所以救飢衣所以防寒口飽體温而後身安身安而後心平心平而後講道修文綽綽有裕其於振興國家何有乎是以古之善治天下者皆以貨殖厚利爲本管子所謂衣食足則知榮辱者卽是也夫森羅萬象至金石魚介之屬盡無不觸造化機微具宇宙玄理精查之探究之以殫其妙

用則衣食可資坐臥可助其効果之大復何俟多言是卽科學之功用而所以人生不可一日無也方今歐美諸邦斯學大進以蒸汽而驅舟車藉電氣而通音信砲礮護國器機亮工是以家家給足庶民安堵文物之盛振古所未曾有其雄飛宇內洵有以也乃知强盛國家之道唯振作科學則足矣國家已强盛人民亦安寧而其不起乎道義者余未之聞也顧人之有慾性之所使輒自利惟計小之則害乎而家大之則禍乎而國實古今之通弊而人人所耳聞目覩也於是乎始有政府垂惠於人民保威于萬國蓋政府之要專在保護斯民扞

衞斯國而如開拓利殖之道則斷非其本分也若夫撥亂反正以救國危亡濟民疾苦則固志士仁人之所念非可蔑視也然退而察其所施爲亦惟不過挽世變而回之常規耳較之科學之用在進取開發而其功不可量輕重之分不問而明矣世人不悟以政治爲上乘尙之科學之上何其誤之甚也夫科學之爲旨深奥無比遊乎此者漸入蔗境流連荒亡遂或忘反蓋空理惟究臆測自快實利與實益相距致遠者宜唾棄矣雖則宜唾棄其中亦有可取者焉何以謂之試思理已邃義已深乃安知異日不推原其理義以資利生之用耶且夫

衣食之德人皆仰之一旦有異常發明則不獨利我國其惠延及萬邦固與爲政者之僅利一邦益一代不可同日而語也予故曰職業雖多莫大於科學士不學則已苟學焉則宜講科學拮据黽勉以裕斯民生計揚國光於中外實是絕世之快事不朽之偉業也胡爲獨以政治爲重乎作科學論

銃彈記

明治十年賊軍圍熊本城攻擊連月備極慘禍予邸宅地亦實爲彈丸雨注之區矣頃者偶探床下獲小銃鉛丸長七分徑半之蓋官兵所用重襲保存以充拱璧嗚

呼此彈一發果能斃賊帥邪抑又所擬不誤而猶逸數武外邪彈子無靈問不能答靜言撫之馳想當時則激戰之狀宛然在目也亂後二十年海南物安識於城北京町官舍

愛刀記

明治三十一年余在肥之熊本偶獲一刀於坊間柄鞘共損鋒鋩半露曰薩人某舊藏試執而觀之則膚質星文豪而不粗華而不繁沈深温雅誠有良匠風度矣心私愛之後攜至東都質之本阿彌成善成善熟視稍久曰可以研也研之乃謂余曰是銑前刀工左國弘作亦

不失爲名器矣既而余久游寓歐洲刀生赤鏥再訪成會加磨礪成會喟然嘆曰刀身更發一段精彩慎勿懈拂拭也爾來十年無日不拂拭光鋩四射三尺秋水無復一片雲翳豈得無快心哉夫物之顯晦有命有數此刃在天地間已六百年隱見出沒遂歸余手裝而匣之愛藏不措刀而有靈不知以爲得其所託否

刈谷無隱居士墓碑銘

嗟老居士高風誰追窮通不變勁節操持夙入禪門接物權宜育英自任聲名遠馳嗟老居士憶少壯時王事靡盬艱難奚辭庶改理革爲世所遺出處有命寸心自

知桑梓米澤先考蘭醫明治庚戌病歿京師壽六十七
硯涸堪悲故舊胥議爰樹豐碑永瞻此石詳讀斯辭

題虞美人草畫幅匣

曝書之次攤伊太利遊記而讀之偶見中插一花片尋思其故因記丙午初夏予遊歐洲過羅馬遺墟寒烟蔓草愴氣逼人有虞美人草發斷礎廢瓦之間妖姿嬌態悄如不堪情者豈非昔時幽魂所化乎爲是興感摘采一花以歸書中所插卽是也屈指十年容色如故乃囑栖鳳畫史摹寫揭之齋頭日夕玩賞爰記其緣由以傳後

松野平九郎翁墓碣銘

駿遠之地富於名山大川秀靈所鍾往往生偉人如松野翁蓋亦其人歟翁諱平九郎幼字武八長稱助九郎後改平九郎考諱助九郎翁其長子也遠州磐田郡阿多古村人家世業賈翁爲人深沈弘毅當難不撓其經商必精貨而不貪利人皆信之門前成市是以家道大揚富累巨萬而自奉甚薄施人不惜常奉二宮氏報德教以誠信恪勤爲行屢舉公職不顧其私一徇公益鄉黨無不悅服焉翁又懇闢荒蕪多種嘉樹榛莽之地變爲鬱林者不可勝數事聞於官賞奬薦下翁尤好風雅

暇則以和歌俳諧插花爲娛皆有造詣大正六年五月十九日病歿距生天保元年十二月廿八日壽八十八元配藤澤氏生男並先歿繼室橫田氏生四男五女其子國太郎承後嗚呼開物成務樂善好施身富而澤及鄉隣如翁者豈可不謂偉人哉銘曰

富嶽之秀濱湖之美乃生斯人卓然傑士潤屋潤身澤覃隣里聞翁之風懦夫可起

乾山詩集序

乾山寺西先生爲故易堂先生哲嗣家世業儒然性謙退不事表襮是以人罕知者嘗寓妙心寺修禪之徒往

往誤會不立文字以不學爲悟道捷徑未知是唯戒求大法於文字非謂文字無益於大法也偶寺創專修學院教緇徒子弟推先生督學乃與同事諸君鋭意經營其設科外內兼綜本末均具以爲他日入選佛道場之地如此者二十餘年其徒常以百數卒業者已踰二百於是文質彬彬宗風改觀衆德之頌者其門人胥謀就先生舊稿撮古今體凡數百篇將上之梓請序余余曰善哉此舉羅淑言有言龜雖壽三千歲永不朽在文字後之繙此卷者可以仰其人可以欽其德又可以餐服道腴涵養性情豈啻知先生文藻云乎余夙與先生善

故不敢辭姑言其所以異於尋常詩家以爲之序昭和二年歲次丁卯正月下浣

聽松詩集序

聽松杉江翁越中人以書成家兼長詩賦其作輕妙可觀者不尠頃者兒孫胥謀將刻遺稿以問于世請序予予不及知翁然翁女壻片岡長信君與予有舊嫡孫重誠學士嘗游於予門誼不以不文辭書以贈之昭和四年己巳孟春

金雞間祇候長谷川爲治君胸像記

君以明治三年初入造幣寮任權允寮後改局累進爲

局長至大正二年辭官在職前後四十有四年可謂勤矣君之初就任百事草創器機又不精君乃補佐上司拮据黽勉取範泰西以致今日之盛人無不嘆稱焉頃者改築工舍君所經營盡在此中而今迹將亡矣泉友會會員等乃與君嗣子正五君謀鑄寬永錢而作胸像建之前庭以期功績不朽因輸追慕微忱云昭和四年十二月下浣

御室觀櫻詩畫卷序

昭和五年歲次庚午四月十又二日同人期集寄迹山寺賦詩屬杯以當三春行樂是日也宿雨全霽風日和

朗花氣方旺萬櫻悉發而抽幹不充丈高殆與人齊身
披雲錦口御英華閬苑縣圃何以加之抑我同人長者
或過古稀少者不下知命優游自適逍遥花下揚風扢
雅踵躅蘭亭惜春芳于將闌忘物化之必至嗚呼不亦
樂乎昭和五年四月下浣

太秦山房詩集附錄終

安井隱居集 一

安井隱居集

安井隱居集自序

士大夫清閑多園棋者與之敵至累局不惜時以一生敵爲大氐無慮數萬局局終跡没人逝技之豈不可惜哉予自壯嗜詩至今既數千首刊行又屢次而今又會及門諸子欲捐貲續刊以壽予七十初度顧予詩拙劣殆無足觀者誼哉當已雖然予之寓形天地間是已不可否認之事實則詩亦隨存豈復得已

予哉欣然應諾淨寫上梓武巻即是

昭和十四年己卯春初　物安

無病今年開七秩菜根慣歠不知饑餘生
最是快心事身陷出藍諸子圍
曾聞七十老人稀怜我健康猶善飛忖度
前賢立言旨生無益世作爲微
莫追白氏結新愁壽考稱來未太遒須臾
乾坤共終始松風蘿月一悠悠
天許不關賓客事我門已閉我車懸仍恐
如從心所欲起居未免累尤愆

拘々易惑老乎散謹細臨来古説文也似
章句種柑核十年或有復聞薫
殘骨未摧猶可學偏思炳燭照冥行分明
架上五千巻字々無非賢哲声
容易蹉過秋又春饞然杖國五更人昨非
未悟今非複枉刻悪詩飛劫塵

昭和十四年己卯孟春書懷　七十叟物安

喚作童子廬訴沒傍
怳之雨子未圖成
雲滿萬紙飛重雲
一倍飛孤來精
物安自逸

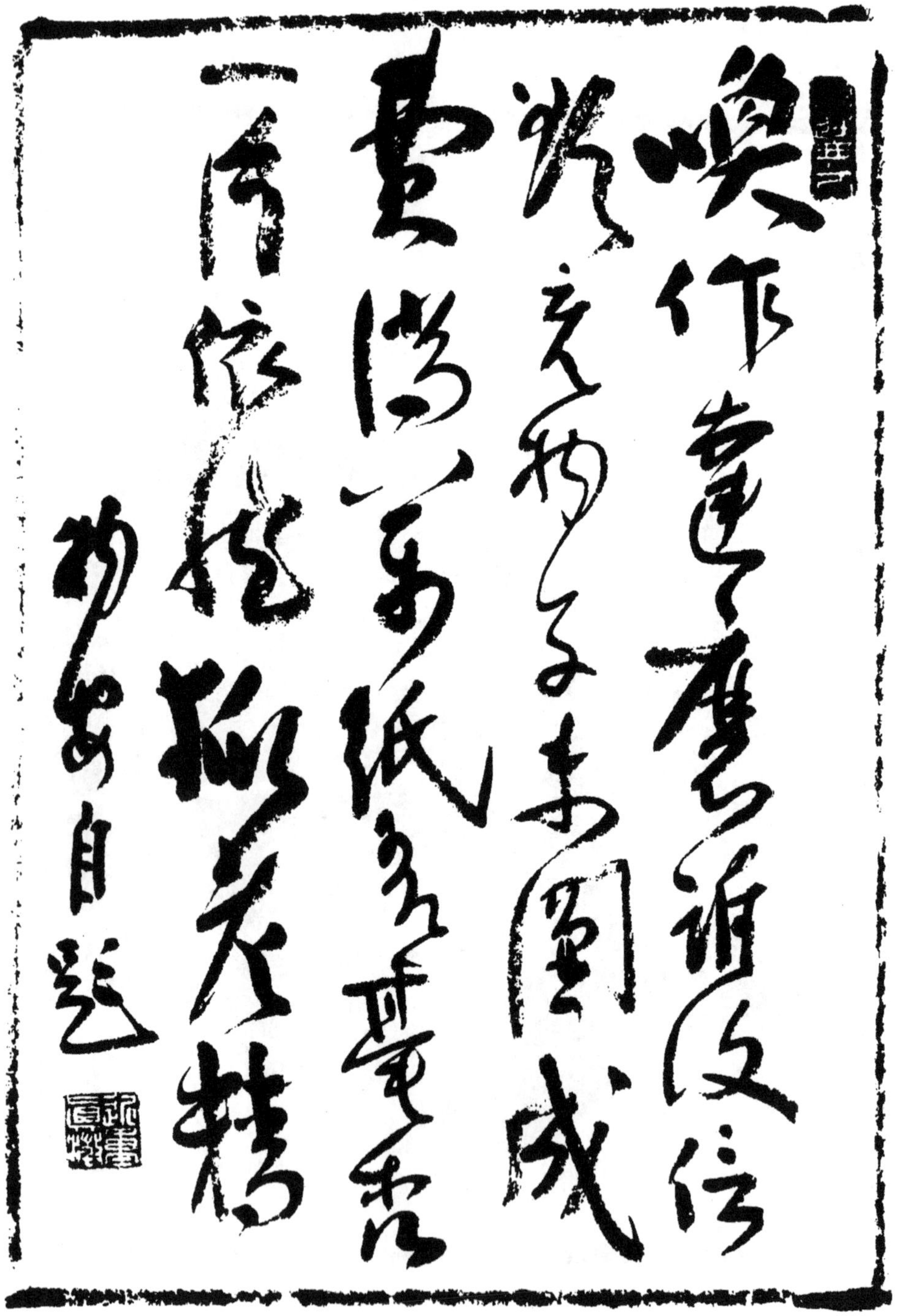

諸家題辭

苦惱欝無聊維持不獲已時尚辨奉天地方維持會開緘擎一卷讀之
色然喜大著刊太秦投我瓊瑤抵云嗜務觀詩形貌却
不似永叔學昌黎所得在神髓禪機悟更深明鏡與止
水遙遙建安來珍奇鄙麗綺剞輪老手推可望弗可企
媿我淺於詩所見祗於此安得促膝譚研律細入裏

右　辛未冬至後三日　傭盧袁金鎧

聞說維摩詰久關丈室扃眼花山月淡帳動野梅馨廢
讀多吟咏足眠養性靈春來三百偈舉示使吾醒

右　內藤　湖南

終年格物物庵中禪榻詩壇別有功借問神州誰得似
金牛山下夢溪翁　　靜庵王國維

抱病懷人倦臥餘物安博士疾何如忽傳信片快先睹
健筆分明親手書　　服部擔風

平淡沈雄是放翁退之硬語尙盤空一丸打了自由手
都入先生機杼中　　木南向陽

緒餘游於藝嗜詩似東坡懺後參於佛愛禪畫達磨作
詩描達累萬紙風韵依約傳神髓君家別有本領在不
爲裁紅暈碧綺含密究精研鼎火鍊汞鉛世豈不死藥
析微討源淵我儂殊途不敢學姑就詩畫聊商搉非欲

學韓非擬杜盤空硬語如擲玉胡僧一喝響似鑽描來
奕奕神采生先生之所攻號金相學百篇文字錚有聲
右　田保橋皓堂
消夏計疎唯懶眠忽欣高士寄佳編詩中風月淸如水
無復暑氛侵枕邊
理堂久保田鼎
讀來草堂集凉動山閣秋白日天心照淸泉石下流
右　福田　靜處
金煉腔中玉鍊顏須彌山頂放吟還詩篇雕刻如如字
般若波羅物佛間物庵博士寄詩卷序曰物佛音通亦自爲佛意云乃詩非詩人之撰其書以歐陽詢爲意格太嚴峭而晝一正守余所授之弘法大師法矣
吉原　古城

陵陰猶見雪成堆寒勒梅花春未回臥病得閒殊不惡
驚人佳句上心來　荒木鳳岡

連日城中急雪堆亦知陽復必春回龍門司馬應無恨
著作已敷都邑來　鈴木豹軒

維摩抱病元說法和靖栽梅不爲花疎影橫斜明丈室
早春風味屬君家　狩野君山

詩語清於翻水成淨無垢裏扣心聲長與集外流傳遍
不負王郎送客情（君寫示王靜庵送行詩以沈夢溪爲比）　沈曾植

諸家題辭終

既刊詩集解題

本集

鴨涯草堂詩集一卷 自明治後半至大正十五年長短詩計三百十三首上海中華書房刊五百部

太秦山房詩集一卷 自昭和二年至同六年春末長短詩計四百廿三首文十二篇上海中華書房刊二百五十部

安井隱居集三卷 自昭和六年首夏至同十三年末七十記念刊行長短詩計七百八十首

雜集

觀風稿一卷 大正八九年西遊中所獲長短詩計五十九首慶長木活版京都聖華房刊百部

鴨涯草堂八景詩畫一卷 富田溪仙畫物庵詩狩野君山跋玻璃版大正十三年大阪藝苑社刊三百部

病牀錄一卷 自昭和五年秋至同六年首夏療養于京都帝大醫院病間所獲長短詩計五十二首附錄俳諧杜多袋百三十一句京都人文書院刊四百部

閒居集一卷 五絶一百首昭和六年岐阜西濃印刷會社刊二百部

桃花仙鄉詩稿一卷 昭和七年春土佐種崎客中所獲長短詩計九十九首人文書院刊二百部

茶味五十首 昭和九年西濃印刷會社刊二百部

七律三十韵 昭和十二年西濃印刷會社刊百五十部

既刊詩集解題 終

安井隱居集第一心眼集

目次 自辛未至癸酉原五百三十首節錄二百六首

辛未　六十八首
四言　一首　樂府　四首　五古　二首
七古　二首　五律　六首　七律　九首
五絕　十九首　七絕　二十五首
壬申　八十二首
四言　一首　五古　五首　七古　三首
五律　四首　七律　四首　五絕　三首
七絕　六十二首

癸酉　五十七首
四言　三首　六言　一首　五古　一首
七律　六首　五絕　七首
七絕　三十九首

安井隱居集第一心眼集目次終

安井隱居集第一 別名心眼集

京都安井　近重眞澄

緒言

此卷別名心眼集余曩以昭和庚午秋入京大醫院治糖翌年辛未三月退院而未及治眼爾後三年兩目眵昏殆不辨晝夜猶强吟咏獲五百餘篇所謂何劉沈謝識之于摸索雪花風月會之于默識者節錄作一卷心眼之名實由之矣

辛未

三月退院後始而出遊至等持院

今日逢春霽乾坤百卉芽病餘始行樂香苑聽鶯歌

退藏院雅集次無著和尚假山水詩韻 原八

前嶂吐雲時幽溪一棧危松楓如幄舍苔蘚似毛龜誰解游魚樂欲描頑石姿瓦鐺煎茗處竹外有鶯兒

展箋酣醉時筆路太艱危憐殺誰論殺凍龜不是龜粗豪誤禪悅脂粉損詩姿疊韻今方八休嗤學語兒

偶成用前韻 原四

雨後秉鋤春暮時關心最是菊安危遂初解印常親卷藏六持謙須學龜蕭寺悟空香火篆遠山入句畫眉姿老農懇說驅蟲法張網苗牀撲蝶兒

正逢彌勒下生時人道危於棧道危盟約原欺四方國
佚遊猶冀萬年龜恠奇驚世賊厤麻耳克斯說輕薄移風優
孟姿恐有子胥懸目日勿教皇土穢胡兒

辛未初夏大京都市制成書感

結廬幾歲近雙岡今見塵囂滿市場俗境生憎奪林野
畏途多是塞豺狼操觚才子學倡婦賣藥庸醫伍賈商
世運慌忙移不已平安何處說家鄉

次木村擇堂七十自述韵隔句對

迎來九尺杖頭春積善餘慶壽福新徐鉉寫文能謹細
鶯花三月役吟身樂天屈指仍强健黃白一爐通鬼神

知是耆婆正醫國誨忠勸學先斯民

南都

三笠山高連瓦色五重塔古裊香煙如如眞相遮那面
院院風光兜率天垂地紫雲藤葛挂作茵青薜鹿蹄穿
正知一苑留王氣林木千章尙鬱然

愛宕山

遙指翠微京北西摩天勢與叡峰齊茂林晝暗豬藏窟
絕頂夏寒氷梗谿石狗無言堂宇寂銅鈴起敬鬼神凄
傷心九折青泥路幾度曾攀鐵索梯

鞍馬山

休言險路霎時程九折難攀宮媛驚事枕草紙所載 寺樓猶壯
紅羊變山院坐疑天狗行握柄源平忽更位鬩牆兄弟
遂傾城俯看崖下淙淙水逝者如斯也愴情

夏日

夏時常愛佳山水車馬年年南北尋高臥茅齋堪避暑
亦知奇勝在吾心

長者地藏夜市

衣冠憶昔羨台槐蹴踖入門吁局哉隴畝如今無束縛
隣村夜市買瓜回

雨中望安土城址

湯池水涸龍蛇逸枯荻蕭條不耐望覇業垂成宵張宴
叛旗忽颺曉傳喪元知禍福都來錯況復谷陵何有常
枉是湖村一漁老笠蓑衝雨上艅艎

秋曉

紺碧籬花麗似星滿身風露立中庭曾公妙旨說朝氣
從是提將警惰形曾國藩云惰者暮氣也常常提其朝氣爲要

閒居集百首節錄

濛濛連日雨簡帙易生黴欲刈芭蕉葉南窓厭暗時
路傍石地藏面貌半摧剝成佛勿過堅犢牛來礪角
一棹五湖中堪斟美人酒千金散又收知是亡吳手

未必一繙閲蠹魚縱陸梁寒齋數千卷積得似淸防

多年養蠹來猶勝見人奪不讀但陳前宛然祭魚獺

風物入初夏翠嵐新樹催蜂兒弄神巧一寸築樓臺一寸

樓臺謂蜂窩也見輟畊錄

辭官隱太秦足跡不過市西嶺暮雲歸殘陽明野水

嬌容不耐風翻白又搖紅勿弄一枝色刺人私有鋒

四月火山頂氷風鬒髮梳秦坑眼前在造化燬何書淺間

天南涉千里滄海覔遺珠火宅如平地蠻舟横太湖太兒

火山、在比島凡凡湖中

萬千散螺髻內海碧於油鰲背載華表龍神築綺樓嚴島

四

柏岸狂濤激渺茫連北溟龍肝曾膾盡終古有餘腥但馬

海岸望日本海

無心雲出岫猶受昔人嘲可笑林居客營營出草茅

霜髯垂半尺扶杖病餘時笑聽隣童語先生定畫師

千章夏木深野廟祀何祖澗水冷于氷幽禽隣太古蠶祠

惜春

花飛春老不堪懊惱鳥語帶哀紅泥不埽煙雨樓臺夢易醒醒醒來踏王孫草王孫草魂兮不歸荒驛道

玉椿

庭前幽樹帶紅花蜂蝶就香情也加吾愛玉椿無限壽

先梅而發殿櫻奢

春日

桃花發李花發衆芳競艶春三月沽醉處處訪名園始知人間有仙闕咄欻忽狂風捲花寒吟骨

讀史二首

僧孺奸吉甫正四十年來只爭柄不知微衷答楓宸百端弄策互陷穽皇天憤后土嗟生民何由免毒牙苞苴行女羯盛上愛財貨下惜命小盜捷利能掠寶大盜恬然仍當政廢綱紀滅彜倫世間不復出眞人

草堂四首錄一 隔句對

落日逗茅舍頹然酒幾觴壁懸天狗面勿笑鼻非常石
刻雪泥句何妨義不詳老夫痴亦甚顯晦兩相忘

達磨石（面刻予俳句依意而作）

水月無痕空華結果不是翁仲乾坤唯我

散策

御室川紆十里堤行吟病後好扶藜蛙鳴閣閣起堤下
一半詩情屬稻畦

詣妙心寺十首（節錄）

佛殿法堂高入雲丈方在後瓦文分上皇舊苑儀容足
丹碧粧成古色紛

山梭花發玉盤色般若湯斟明月秋豪快揮毫十丈壁
奇狂驚世混緇流

禪板蒲團透棘門孤峰頂上樹心旛如今又過松關路
菡萏秋深水絕痕

顧望無人四寂然松關暮夜熄香煙飛檐挂處七星近
鵰鳥叫林空籟傳

聞長江汎濫

奪邑傾城幾決河非興神禹奈民何收金九牧鑄群象
山海圖經補得多

九朔卽事 所謂國防日

昇平何象蓄貔貅無邑無城不劍旒慣聽空軍頻演武
夏天欲曉爆音稠

聞蟲

暮天顥氣露華稠涼透吟衣洛下秋荊棘尋常不堪住
著將蟲語似瓊樓

謙讓

空谷宰相濱口雄幸公薨高知新聞報其逸話蓋謂
人各有長所不可相及也事關予與武市楠之助追
懷有作

空谷故宰相令名無都鄙理科遜近重數學輸武市此

語公所爲眞率見微旨想公在位時心事皎如水退公復白圭追懷竹馬友出處各不同窮達互分軌功用期百代晚成忍小耻其志不可奪公亦畏敬此豈以公謙讓漫罵他小技却想輕薄徒妄以項羽擬公我童時朋聊爲費辯耳

晚稻

我生南國夙諳農八月已看新獲播不似上方歲穰晚菊花萎日稻花穠

眼昏仿東坡耳聾體

君不見俗吾鍊丹竟徒爾列名藝林眞足耻暮年劫似

左丘明右臂雖存明半否人磨汞銅察秋毫我覺黑牛放暗裏曾聽混沌死鑿餘玄牝之門悟妙旨底事多歧乃有名浪因揀擇亂非是六慾所動業火燃徒愛浮花與浪蕋我今眼花脫禍根見惑已空歸敬止不見不聞又不言頗似巷口三猿子元來往生是還相六道輪廻無張弛焉知他年復眼明杖策飽看邱壑美

新京極夜景

電燭明於晝狹斜來下鞍浪雲（浪華節雲右衛門）勸忠義優孟整衣冠歌舞酒場熱新奇露肆攤招牌又牽客觀棧肉相搏

素秋月下作

節過秋分風物更芙蓉花老木犀榮閒居避客常耽讀
小圃餘鋤未輟耕匹馬嘶雲繹殘夢高樓嘯月趁新盟
無端感觸桑榆日滿地莎鷄咽露鳴

候鳥

百舌歸飛囀故鄉嬉嬉浴日樂陽光生憎背後金丸迫
未是三旬去又忙

甘雨

曆日已秋殘暑窘欲趁詩盟行不敏夜來甘雨埽塵氛
從是桂花從是蕈

失題

明治維新日國士不挾私孰若當路者漁利危邦基

題化學實驗室似小川新登第

所不知多於所知莊生一語不吾欺壞之無盡成之數

何似乾坤槖籥時

散策

行盡稻畦還草蹊飛蝗撲帽手頻擠無端憶得村庠日

秋照如燒面目黧

感舊

行行去聲自持何所爲頻彈長鋏逐官移紫朱挂盡功名

遂樂地終輸白面時

秋夜

狗子吠門非有客狸奴上膝爲懦寒挑燈又讀歐陽賦聲在樹間秋夜酸

寄懷長兄病在土浦

髫齔與父離一家寄村畽阿母勞撫育貧居乏蔬筍父師仰長兄道高而思近讀史感先蹤十四辭故苑刻苦策蹇驢日暮仍途遠索居五十年憶親夢常引已隔泉下魂風樹恨何限賴有長兄存可以致誠悃頃聞得風疾一臥行不敏欲往侍湯藥無奈予亦瘖頹然四肢艱

鬖鬀昏兩眼荏苒已一年復見霜葉隕奉歡恐失期伏枕抱憂懣裁詩遙慰問起居希安穩護持在昊天壽福長不盡

陰曆九月十三夜

水亭憑夜闌白露盈衣袂故智傚猿公下涯攀月桂

山內寬治郎翁每歲招余採蕈於丹山賦贈代謝

落葉手排探葆光年年樂事屬秋陽蕈兒不比崑山璞帶去庖廚更有香

郊居

三十餘年住洛東漏揚常苦濁流中琴書已徙西郊後

淨土近來多幾弓

山寺賞秋

披將錦繡滿山奢楓葉霜餘美於花仙棗任餐人不識
白雲半鎖老僧家

大患後始對菊花喜賦

老我屯邅四內瘝幾疑氣息隔人間回生偏喜秋同旺
籬菊吹香映赭顏

秋日上龍安寺山

一巡穿林木朝陽閃露華羊腸探帝墓虎渡憩僧家墜
果爭群鳥枯叢隱小蛇老夫有餘勇杖策下谽谺

天塚

維昔秦氏賛化時山城之鄉文運熙拓蕪開荒濬溝洫
種桑養蠶衣綱絺技巧精妙入宸賞授官表功天下知
當時繁華無所遺滄桑幾變堪長噫但留天塚田畝裏
前方後圓存舊規鬱鬱佳城生竹樹陵下窅窅圍隍池
門口狹隘通寶壙壙中寬濶驚雄奇想像玉棺副七寶
精魄謚謚安天墀七寶已虛精魄散畢竟發秘因盜兒
訪古半日排茆茨一任鬢髮纏蛛絲獨憐里人風馬牛
謾道客亦臻狐祠（塚上今築祠世呼作白清稻荷者是）

大石栽松居士說法京阪間賦呈

昆吾精鐵逢蟠錯赴命危邦彼一時白首猶懷大悲願
振將木鐸立通逵

午睡

窮居自然致一任敗籬笆熟果偷隣稚慳蛇追砌蛙散
官世緣遠善忘老慵加不藉飛車力華胥到咄嗟

十一月念一過東福寺視法堂工事過自飛
檐墜死而復甦

瞎驢妄動洛陽街黃壚堆邊一活埋生死有因任天命
生從九死老形骸

比年患痔苦糖失明昨又挫肋骨萬死保一

生歲晩偶見後園生紫芝喜賦

歲除通否塞病起不須醫天物乃呈端小園產紫芝

壬申

歲頭

歲云改矣遇昇平六秩閒翁亦樂生盥漱曉天汲寒井
轆轤聲外遠雞聲

六十三歲偶書

不追馬援與淵明（二人歿年共六十三）六十三年健我生怠武廢文
餘樂在日凭臥榻夢聃彭
六十三翁頭雪白假如醒點欲何爲（以上白句）樂天俊爽仍

如此況我性來惟鈍遲

桃花仙鄉詩稿 原九十九首

壬申一月念一發留別

獲病桑榆奈客愁望鄉淚和暮潮流桃花煙水春應好

行李促登南國舟

故山

解印歸來故國山蘢葱不改舊孱歡形容枯槁我慚汝

六十一年衣食間

種崎僑居晨起

白頭歸臥吸江陽孤負青山五十霜偶被隣婆醒曉夢

語音殊耳訝他鄉

浦門夜歸

螺髻欝然鰲背青帝抛介石塞滄溟秦關百二猶通路
佛蹟十全偏有靈玳瑁珊瑚照蛟窟蜃樓貝闕望神庭
魚龍寂寞南荒夕劍氣如芒爛斗星

浦門偶成

一沫浮漚歷劫時洪濤泐盡幾嵌巇參差林木知風勁
遠近沙堤愛浪奇日記千年憶王治瓦文三級剩城基
任敎嬴蹶劉顛迹好伴漁夫弄釣絲

桃渡（種崎別名）卽事

爆音與咿軋如織往來舟白眼觀塵世垂釣候潮流

晚歸

顧望無人楊柳煙促歸江村方暮天遙聽鐘聲知有寺宿雲半霽山蒼然

讀神佛分離史感先考事蹟賦奠墓前

百行不惹意一失怒喝隨觳觫猶屠羊膝下奉歡時爲父豈無愛嚴正以格兒精通萬葉學鹿門（鹿持雅澄）夙承師探源祖鈴屋旁索及闇齋私淑在先哲門風厲刺雖王政復古日皇學任扶持神佛排混合宗教政聿基年齒僅弱冠卓然樹幟旗晚雖官司直本色素在茲偶讀佛

教史（村上辻鷲尾三博士編纂）事蹟擧無遺偉哉先君子姓名千秋垂
顧我何不肖終生無所爲龍鍾不可起追考何以期

先妣逝已八年樹石勒銘銘曰

想行路難載起載顚惟月有虧乃見再圓妣無兄弟迎
夫繼家迍邅中道操守毅然且耕且織重荷雙肩稚子
四人教勝三遷昊天不棄闔家復全弄花吟月悠悠暮
年壽八十三館舍永捐鬱鬱松柏縷縷香煙孝子日詣
召魂九泉

二月五日訪久保康石百二翁

瑞煙桃渡畔知是地仙家石桂無憂樹金丹長命花已

分王母果更噏客兒霞百歲仍加二童顏好阿爺

江上

以舟代馬後兼先浦浦汀汀是陌阡記得紅洲行畫舫

春潮興湧竹枝天紅洲讀如威尼斯意太利水鄉

二月九日聽瞽女演戲曲壺坂

句句痛哀情性全才毫誰寫想夫憐不堪雙淚滂沱下

聽得嬌喉和五絃

刺客二月九日夕

好箇男兒柱石材挾將長策上雲臺酬君匕首何菲薄

亦是奉公持儉來

一四

桂濱觀坂本龍馬先生銅像賦似同遊

卓然俊傑賁家鄉千歲應聞俠骨香與子同觀浦門像
白頭猶念趁先芳

桂濱卽目

巖頭水洗日娟娟莫是補陀仙子天南望茫茫波萬里
上無鶻影下無船

賦寄

金生麗水玉西崑南國詩人何所存方想江天雲變幻
妙思如湧彩毫翻

櫃谷紅

移植南蠻富貴花嫩紅奕世挺萌芽別添穠艶幾才筆
不負風流大守嘉

桃渡病間卽事

秉無所住心浩浩欲題襟桃渡探丹藥松林撫素琴求
名元有悔尋道儘長吟愛見蒼波上忘機泛一禽

夜聽風雨

市城沒海大同年見說水中存陌阡忽聽潮生疑鬼哭
漁村寒雨夜凄然

吸江夜歸

澄江月下氣佳哉又賃扁舟子夜回碎玉鋪金波有彩

恍疑身是坐瑤臺

千松公園

來步沙汀曲似弓迴波浩蕩碧連空欲偃又起千松健
幾閱石尤橫逆風

造船場

轆轤鐵削役蒼黃例自天明到夕陽龍骨橫來威望在
規模壯大造船場

故都春色 黃木會課題

玉甑敗缺踏春蕪幾樹殘花寂故都魚袋金冠終曷若
興亡百代一摴蒲

潮江天神菜花祭二月念五

天滿祠頭馬又車知他春祭禱驅邪海南地暖存殊俗

手獻黃雲是菜花

出征人二月念八

日支兩國齒兼唇底事狡奴輕善鄰昨見巷門飾紅白

孤村亦有出征人

浦門訪秦元親城址元親與子盛親孫丸橋忠

彌三世報豐家恩有感而作

蓋忠三世有誰儔誓爲豐家計報讎今日江城人不見

怒潮嚙岸滃然流

三月八日訪桑梓尾立

如藍碉水帶斜暉風色依然舊釣磯不耐蕭條憶前事
覺殘炊夢百年飛

志學從來秉燭行頭童齒凋奈前程歸鄉轉覺可猶起
父老皆呼我幼名

去鄉常抱望鄉情今日歸來白髮生天滿祠頭設齋酒
爲予祈福故人誠

黃木會席上說詩峴南有詩次韻却呈

豈堪與璞玉爭衡蕪穢元甘魚目名落在人間亂風雅
一篇詩話逞盲評

題髑髏圖用故川崎壽光與竹內峴南唱和韵

髑髏面上絕悲歡默殺風餐雨虐間妙相不知誰得似
昊天一片白雲閒

松村巖翁編鄉賢叢書岡本寧浦以下凡數十
家主採未刊者翁與先賢同貢鄉土可謂雙美

多年旁索竭丹誠先哲遺文累簡成咫尺滄溟洗心骨
南人吐屬與珠明

詣潮江山有感三月十三日

滿山苔石鬱爲林行客悟然紅淚侵此日墓前捧花者
百年同作髑髏吟

埽野中兼山墓

夏王治水眼前事卅萬提封民有慶瓜蔓抄成槖遺絕
空留苔石頁南陽

安藝郡名比賀村並河氏灸點能治白內障三
月十八日往就醫治

五內一條神氣通乃追脈絡有醫功離婁明復應非遠
肘後求方灸點中

春日江上

無限賞心江上春悠悠綠水放輕艑五臺山畔煙霞罩
三里浦頭花木新（三里浦種碕別名）詩卷長存僧絕海石城安在

將元親功名浮世豈堪恃欲學渭川長釣綸

觀海亭卽事 原四首

翠濤聲和白濤聲臺榭曲肱心氣平想見故侯時伴妓

醉餘援筆妙詞成

潮洗巖頭颯有聲直通南極海光平長松欝欝懸涯上

亭閣參差結構成

凭欄不厭滿潮聲蘸得亭容水面平蒼翠隔江松一帶

天然妙趣畫難成

春歸

開落無閒花易遷可憐雨後與風前紅飛白散流鶯咽

閉郤綠陰桃渡船

將辭桃渡　三月念四

江南春盡客將歸兩岸桃花與雨飛煙水重遊定何日渡頭臨發意依依

諸公送到埠頭賦此叙別

春歸江岸柳條長惜別遲遲上去艎窃怕洛城花未發奇寒日日尚多霜

船中作

蒲帆晚出翠微寰一路北航雲水間夜半順風波不駭已過徐福鍊丹山

歸家三月念六

傍花隨柳意偏閒彌月醉春煙渚間今日歸來春亦到丹霞罩遍洛西山以上桃花仙鄉詩稿了

東山光雲寺觀櫻

援毫幾擬寫精華稚拙寧能稱此花昨夜東風吹暖遍朝陽蒸出滿山霞

棄犬四月念七

育汝自乳孩愛撫日兼夕追隨伴郊坰戲嬉共茵席囘顧已七年老軀垂五尺忠愨常守夜侵門無盜跖一旦恣剛强傷人牙如戟棄汝情難忍忍此絕怨嘖罪元在

汝躬遂致放阡陌臨別懇諭示勿罹棒頭㞐

詣藤樹書院 五月念二

世態不容易淳風逐日移幾流大臣血未樹泰平基掠

貨人思跖濟民誰似夔病根在心賊安得致良知

無題 紀五月十五日事

神州正氣有靈威磅礴扶輿不暫違莫戀榮華忘臣節

槐門難防彈丸飛

初夏

朝陽漏新樹移榻坐庭除小雀何無賴恬然糞我書

西芳寺

撫石愛蒼苔拂琴聽澗水白雲不可攀祖塔千秋峙

又

平生愛靜養禪心勝境重遊近夏霖過雨邱園土花濕
薰風林樹粥魚沈避名山衲留衣鉢慨世雲卿撫劍鐔
落日庵前未回杖低徊感繫去來今

頌知恩院孝譽上人寶壽一百歲

人間復見安期生歷秦閱漢猶春榮只道延壽不須力
纔斷嗜慾丹即成

讀豹軒聞尼古來寺鐘作感舊而作

駿臺一角聳巒祠劈耳時鐘聲調卑記得少年滯都日

仰天幾想擲金椎

富田溪仙近者景印其師都路華香傑作百餘點裝成一卷名曰華香墨蹤予曩贈國詩以稱其篤行今欲試漢譯想漢詩有字法句法韻法不如國詩自由然一句已成則簡潔遙過于彼乃以原作每解六句改爲每解四句稍覺可見

祇林壯麗連畫梁紫雲繚遶天女翔誰知樓臺揷雲處
柱礎入地盤石剛桃花爛漫驕春陽錦繡織成瓊妃裳
花下張宴耽酣者安知橐駝筋骨傷君報師恩扶綱常
墨蹤成矣揚彩光橐駝柱礎我今見感憤獻頌三焚香

感秋吟 原二結各用杜句

昨夜秋風入井梧游子日月悲須臾湖海莫結釣鼇夢
衡門不嫌客題鳳無端鑑影疑吾眞齒落未是無心人

又

凋落誰復懷窮愁一天顥氣方悲秋比年失宜善鄰謀
遼野酣戰飛彈榴別有禍根慄心膽爪牙日礪寰海洲
諸公袞袞眞沐猴亂痲不斷徒優柔安得英雄草莽起
一劒直斬東海虬知君忼慨老氣遒淋漓傾盞憑西樓
浩歌一曲聲動地不關木葉紛撲頭

城崎坐湯四首 節二

維昔地神開別天沿溪幾處塗溫泉陌頭旁午手巾者
知是春酣耽溺還
勝境養生如有神淹留悉是坐湯人例從浴後街頭去
品隲功沽購土珍

妙心大方丈邀飲天隨博士歸臺途次次韵

紺園迎遠客談笑對林邱海島以文仕京華抽筆游天
高收驟雨涼峭似深秋黃調踈鐘瞑盃盤尙唱酬

讀田中殿山哭兒詩賦贈以弔

算死兒齡世笑愚知愚尙敢奈迷途人情究竟絕思慮
恨比靈芸紅淚壺

豹軒寄詩曰篇藉宜沈潛慨然有作

落筆何遽遽請益問四方四方寬嚴別與我懇商量喜憂交相至評語抑又揚詩本發情性洞然披心腸有字而有句絢爛以成章神貌遠鄙俗百鍊始能剛篇藉宜沈潛得力在自彊徒爾求諸遠師友在吾傍老夫未自棄寧廢炳燭光

中秋無月

陰雨樓頭不可歌中秋今歲也蹉過老夫別抱百年慊心月欲澄雲翳多

兼愛 幷序

周末學者輩出各因其所見立言老莊說虛無孔孟說事親申韓說刑名楊朱說自利墨翟說兼愛孟軻曰墨是二本蓋指其愛衆兼厚親也雖然二本者豈獨墨子而已哉儒以親事君亦是二本老莊說虛無而不遺現實申韓則出於此楊朱唱自利固期利他正與孔子所謂古之學者爲已同矣夫天下廣大難一言以盡之言外餘味迂儒不察妄加譏議作俑者孟軻董仲舒做鞏爾餘則雷同耳作兼愛篇

貪婪率獸性我執道不成釋氏與墨子垂敎于後生殺身以成仁讓畔不息畊所志在濟世豈獨爲身爭草木

及國土萬象眼前橫兩間無長物物我互持衡兼愛遂
天意慈悲洵其誠誰道無其親愛親素天荫若夫未齊
家則當事父兄已以國士立自持須公平芻狗視萬物
不屑徇私情乃以贊時雍乃以致昭明先賢不吾欺隻
句莫復輕

似儒

惡平等與惡差別同失中庸聖訓高休執一端逞漫罵
引舍無窮奈桔槔

妙心寺謁大通院殿廟

提封卅萬棄如塵窮巷誰知百戰人最是佛門愛幽寂

大通院殿古仍新山內一豐公讓封其姪忠義公孤影飄然去入京都僑居桑原町深信佛法薨葬於妙心寺創大通院廟祀不斷

見性院殿

貞賢千古絕無倫見性院名中外勻可惜史編逸其諱
唯言山內氏夫人夫人公薨後十年而逝法號有玉劉大姉之字劉恐其諱乎

闇齋先生二百五十回忌辰聽中泉博士記念講
演有感而作

書紀一編繹名分斥將西土作邊彊瓣香達識崎門士
日本精神說得揚
聖帝之邦卽是中四方唯合仰仁風崎門倡首正名好

底事迂儒稱海東

胡樂爲雅樂無乃反日本精神乎

和絃妙語淨瑠璃誰道淫聲不可閒篳篥皷鐘推雅樂從頭不免食羶葷

情癡

翩翩文學士才名湖海馳伉儷互唱和天眷賚鳳兒庠序執教鞭榮進豈有涯過戀女弟子固是天魔爲仰天寄愁緒纏綿不可遣又思糟糠重一身難兩持寧與情人死秋風鐵路吹九泉永相賴誓約兩心知可憐孤與寡茫然無所施仰毒追夫父一朝枯葉枝人生多恨事

離別是最悲寄語青衿士戒之在情癡

和氣公生日

乍使妖僧失顏色支持國體答神明一千二百年生日

齋祀新修鑑赤誠

埽庭

天行之健不曾休四序推移歲欲周百卉眼前苦凋落

活機潛在裸枝頭

寒夜讀書

靜夜讀書燈暈重奇寒刺骨銳於鋒欲眠則覺不如坐

斗潄精神在孟冬

題扶桑木筆架龍泉佛海老師所贈

扶木何時産海東陰沈化石是神工南方釋子傳珍物
筆架削成崑玉同

時夜

物老生涯與水清胸間只許動詩情推敲未定寒燈燼
伏枕正聞時夜聲

魔軍

宛然闇夜放魔軍人爲利權忘禮文新紙讀來堪悶吐
行行無不是妖氛

東都某百貨店失火有一交換手能守其職責毅

然不易座消火之事因而得無遺憾有感而作

人與天與不可知七層高閣一朝移番番通話重公職
巾幗坐牀紅焰吹

舌在

老來牙見宛如礱況又眼花昏十方未爛賴存三寸舌
願令咳唾發珠光

世界大戰

豈翅木鳶窺宋城鮫人跋扈殪長鯨毒煙榴彈生靈盡
天地空餘鬼哭聲

禍門

口是禍門駟難及括囊須學古人風固知壽府松公舌不忘忠誠故有功壽府國際聯盟會議松岡洋右代表本邦大振縱横辯

癸酉

歲頭八首節錄

行年六十四安得不衰羸以上白句 白氏不吾欺誦詩萬感催

自立齡卄七今得六十四門頭飾松竹逢卅七回瑞

西人豫寄信固是迓慶心邦俗與之異慶臻後致忱

臘前雖發信受賀在新正郵牌幾千百頌聲仍哭聲

煙霞日乘原二十八首

再避寒土佐

避寒南國復携家我苦舟行妻苦車到日江城春已入
半堤楊柳正開花

散步所見

埋沒蒿萊地藏尊歷然有口竟無言偶看傖父進香火
𤸇禱括囊除禍門

北門繞霤失其固雲艇颷輪自在過斷髮短韡趁京様
美人操守果如何

海貨水程輸上國資源不乏賑南荒千年奕奕存淳俗
紀氏敷仁是此鄉

高知城南潮江地腴以產佳蔬有名森田梅磵曾在江戶學詩梁川星巖乃就其後圃手親播種及長則抽以贈焉星巖甚賞美云去夏高知新聞載竹內峴南之文備記此事予一讀不堪技痒感今日再歸貪舌頭快亦是峴南椽筆之賜也

潮江菜美勝鱸魚聞昔詩人自秉鋤珍重峴南一枝筆教吾再度出茅廬

忠烈野惠女 并引

野惠女北越人距今凡百餘年前以保姆仕本願寺派某寺院出遊之次偶會狂猪進庇幼主身傷主全

頃鄉黨爲建銅像以謀不朽使予詩之

進庇幼姬巾幗身搏他狉獷勇如神蒿萊不許沒忠節
銅像鑄成龜鑑新

高知公園

血食不渝天所嘉巍然廟貌峙春霞故侯莫是源家嫡
鐵馬長槍立落花
喬木參差此舊邦牙城粉壁映晴江于今驚絕英雄略
千里山河隻手扛

僑居前川産青苔暖日入水採拾以食

日午春江潮未回有人徒涉采青苔礫田不借犁鋤力

美味朝朝上膳來

得月樓盆梅

百盆總是槖駝功老幹如龍勢攫空最是章臺絕他處枝枝白映美人紅

南國并引

岩崎彌太郎號東山年少善詩世傳芳草暮潮一聯予南歸次借以爲前聯補成一律狗尾續貂不免嗤笑耳

殊鄉無復著塵埃綠水青山罨畫開芳草和煙城影遠暮潮湧月櫓聲來正名修史欽儒服闇齋倡首勤王憶國

瑰（坂本龍馬）爲是侯家有餘慶皕年輩出棟梁材

播摩屋橋

歲歲歸鄉鄉奈何與從父老話頭多店前猶鬻珊瑚櫛

欲唱播橋坊主歌

詣土佐一宮宮記云我家遠祖曾奉仕此社實永

祿年間事也

幣帛進來惟鞠躬遠孫趁得祖翁風茂林淨域丹墀閟

此是天南第一宮（以上烟霞日乘了）

暮春偶書

桑榆難奈歎恫瘝肘後靈方發秘慳已避虛名隱安井

惟將晚景對西山無風無雨花辭樹有佛有儒荊沒關
輸與髑髏南面樂生前寧得箇中閒

寄懷賣劍詞兄原四

一唱三歎足正衣深從易理察天機子規啼斷湘南夜
埽盡雲煙月獨飛

佐佐木申二博士英譯鄙著東洋鍊金術賦此志
喜

著作垂名與志違昳昏殊覺老來非出門賴有才髦在
補綴殘功發至微

昭和八年癸酉五月恭承　高松宮殿下經帝國

學士院決議賜巨資見許鄙著英文刊行感激有

作

廿年心血所傾注一卷丹書英譯成豈料微功入台鑑

賜資上梓老餘榮

晴韵七疊節錄

不問前溪水濁淸山居天候自陰晴煮茶堪聽摽梅響

借圃方揚擣麥聲黃調梵鐘發空觀白衣韓女記村名

山中宰相竟何似日伴閒雲遠世情

作詩且要語新淸絕似百花開曉晴誰道盧車擬唐調

偏憐擲地發金聲靑山何日避塵世綠水一條湔俗名

幾剪短檠繙杜集參臻妙旨不堪情
槐蔭風來午座清梅天又有許多晴驚心異聞空中語
張目珍談紙上聲一盌綠茶呼宇治半盆納豆是甘名
晩間偶取菊苗植雨脚明朝轉繫情
黴枯濕散草堂清節近斷梅天漸晴且倩橐駝斫條手
可猒蚊帳擬雷聲觀空坐久欲催睡著色圖成未署名
老作人間無用者夢中仍抱少年情

七月十日遊琉璃溪五首節錄

瑠璃溪色貢丹波水石相依奇趣多唱和詩篇已充棟
胡爲更著拙伽陀

石牀疇昔雨花紛遺跡悠悠拄白雲別有溪聲轉般若
妙音何啻釋迦文

驪龍飲澗勢昂如囘舞奔騰積雨餘湛作深淵不知底
箇中應有脫鉤魚

世事如繩不免拘人間終古滯錙銖偶遊仙境洗心目
石磴瓊樓水琢珠

小說祇園繪日傘 幷引

講談倶樂部七月號所載長田幹彥著小說祇園繪日傘主人公曰學生小峰某配之以宇野助教授近藤先生歌妓某某等想此作取位置於我京大金相

學研究室捕風捉影叙奇傳恠亦是一種才筆今詩以記梗概

橫文縱字日程新、未了螢窓雪案身、不似蕩兒無氣概、奮拳救得一佳人

佳人珍重破瓜年、自守紅心獨誓天、不怖金丸妾非石、一身投在阿郎前

薄倖才人咬菜根、窮餘來寄老姬門、老姬一點靈犀在、留住阿郎猿馬翻

無可奈何恩愛羈、恩雖難負愛難離、相携赴水笙洲夕、來世應期連理枝

的中

夫謂執中者無非的中旨若以折衷解恐墮僞君子

六言

百聞不若一見事唯因實驗親身未到中庸地可作中
庸人

疊韵二十一首節錄

曾爲千里遠遊人西域風煙歲月親匆恠歸鞍無薏苡
再來馬援不追新

空望河漢釜中人夜倚藤牀雪盌親曆報立秋炎未退
叢間猶少候蟲新

緬想洞天芸閣人珠光劍氣日相親探之腹笥不曾失
命意偏高措語新
徹底水淸魚避人蟲禽窺室或堪親隔簾且看山屏展
雨過客樓蒼翠新
山中又有轉經人鐵鉢雲衣物外親試問採芝何處是
心無罣礙百般新
適來王莽巧欺人貌易情疎卽色親詑道外交須術策
不知進德日惟新
手記無端棖觸人伯林客夜酒杯親當時歌舞意中老
不似隣樓笛吹新

白首昨爲桑梓人舊知何物最相親邸前喬木百餘尺
枝上習猿蹤尚新
何須雕繪伍詩人剝落鉛華始可親千古建安才子筆
四言樸樸性情新

偶成仿山谷體

囿園四圍固逍遙遠還近俗侶何似仙險阻隔陶隱

寄松崎某禪院住持老僧仿山谷體

欝欝松楓杉徯徑徐往徠鏘鏗鑄銅鐘演法洛河湄

午睡

午風微動滅狂炎呼枕北窓高捲簾夢裡誤聽雷雨過

木鳶習戰舊都覘

自嘲

何必君子人出語卽敦厚何必藏經綸罵時輒獅吼何必愛煙霞頹然銜卮酒何必學神仙瑤池隨王母何必識字多憂患獨自取不耻僞性情詩句何所有滔滔累萬篇畢竟媚嫠婦

題太白捉月圖

才華蓋坤乾筆力足萬年不上天子船水月有奇緣從非酒中仙爭得契眞禪

題自畫馬圖

興來援筆描羸馬庚午吾星愛所由一任傍人笑相問
不知肥矮是何牛

九月念一能州地震

地底潛魚不識名奮將鰭尾毀都城諸方未曉豫知術
格物何時安衆生

十月四日陰曆明月予猶患眼而不能觀
悵然有作

人道長天月似珠我望碧落獨歎吁圓盆數十貫成圈
光弱欲消良夜辜

題自製竹箆

擲向虛空化爲毒龍莫觸著觸著金鑠石鎔

庭梅腐朽劉作如意題語

龍骨未朽麝香長聞

題坂本龍馬先生圖應岡上學士囑

膽大如甕鬼謀無測回天偉業空遭縉文忠誠曷休雄

魂護國近入御夢宸襟慰得

學士會館行樂社餞年小集

詩就高吟凭曲欄東山風骨醉餘看餞年方及六十四

倚著酒威聊避寒

除夜

村居除夜寂無聲不識明朝是歲正欲采梅花副幽趣
一枝鑄鐵勢橫生

安井隱居集第一心眼集終

昭和十四年一月三十日印刷
昭和十四年二月十一日發行

（非賣品）

著者　近重眞澄

京都市左京區吉田町
京都帝國大學理學部化學教室
編輯兼發行者　近重先生古稀祝賀會
代表　佐々木申二

岐阜市七軒町十二番地
印刷者　河田貞次郎

岐阜市七軒町十一番地
印刷所　西濃印刷株式會社
岐阜支店

安井隱居集

二

安井隱居集

二

安井隱居集第二

目次 自甲戌至丙子原七百二十首節錄三百十三首

甲戌一百二首

四言　一首　五古　二首　七古　二首

五律　一首　七律　二首　五絕　十一首

七絕　八十三首

乙亥八十一首

五古　三首　七古　二首　七律　九首

五絕　一首　七絕　六十六首

丙子一百三十首

五古　三首　樂府　二首　四言　二首
五律　四首　七律十三首　五絕　三首
七絕　一百三首

安井隱居集第二目次終

安井隱居集第二

京都安井　近重眞澄

甲戌

歲頭

我歲六十五復明期上春應兼樂天一走若下坂輪

一月八日入京大醫院眼科將受白內障手術

金篦扶眼訪神仙妙手奚疑明再旋二步昏黃三步闇

人間久缺日輪懸

十日雪

橫臥蒲團傍暖爐何妨醫室抵蓬壺玻璃窓外東山雪

看做西家油彩圖

讀梅翁詣伊勢詩憶舊遊有作

萬古清流五十鈴俯涯盥漱氣泠泠無窮神德絕知解主一唯從涕淚零

二月朔退院

金篦抉眼遇神仙妙技偏忻視力旋彷彿天孫排石戶人間再見日輪懸

擔風先生近將訪京都有詩見似次韵奉答

嵐峽追隨近有期橋頭百丈賦游絲迎君欲問作詩訣水到渠成方此時

三月廿五行樂社集於長岡天神境内時予先登
天神祠畔占春多歲歲不忘拖杖過偏愛暗香疎影裡
綿蠻黃鳥學韓娥
同人未至獨凭欄占領靜幽詩思寬山繞畫屏水開鏡
洛南一郭足奇觀

四月念一正午有約將邀擔風先生及佩蘭社諸
公於茅屋饌羞用香積飯準備已成忽有電話告
曰先生微恙不復往訪失意有作二首
洒然帚室點塵空香積羞成材止菘不是平生守三厭
大蘇三白便家風

夜來風雨太無情折盡庵中蘭幾莖好事多魔期又迭
電鈴忽報病先生

念二有歡迎詩會予趁約赴對嵐坊諸公不在後
聞此日俄變會場於枳棖邸

期君嵐峽水空流待我枳棖雲悠悠命歟力歟寧得識
不曾相及風馬牛

靉靆吟 幷序

病眼已抉水晶體代以凸鏡合死物與活物以爲眼則調節不能一其視物則如近如遠如明如暗如曲如直愕然而慌茫然而失率爾以爲天地之有異不

亦宜乎
靉靆琢磨精隆隆形凸字用之千里明舍則口疑鼻
千里卻通明茫然迷咫尺能知對岸災詎免焦眉戹
天晴是何雨決皆聽雷皷且喜義晶成分明見鐵羽古代飛行用木鳶今日製變宜以鐵羽稱也
病目與人接語韵辨其人復明初識面不恠是新人
豈同獨眼龍無劍無騷韵撫鏡又冲冲窮愁向誰問

詩敵

京洛詩壇不岑寂李杜有後傳端的唱酬遞次頌又規
力量高擧不可敵或推或敲月下門或取或舍芻蕘言

風吹草偃春駘蕩風草相得沒恩寃出語于今貴本色
研律何嫌亦苛刻莫作逡巡捲旌旗也期必勝敵前逼

五月十三日東鄉元帥薨勅賜國葬

至誠善斷斷無違誓爲神州振武威露艦一朝擊沈盡
將軍面上發光輝
將星隕地是何晨舉國服喪哀悼新幾以隻軀當外敵
汗青長記爪牙臣

人事無窮極　原五

人事無窮極懸來走馬燈秦嬴才稱帝早已得陳勝
人事無窮極忠姦邪正分汗青傳不誤千歲使吾勤

哭久保天隨 壬申邀君妙心寺癸酉共遊瑠溪句中故及

紺苑剩詩楊瑠溪仍酒泉斯人長已矣何以續前緣

七朔學士會館行樂社小集

不須喰盞醉香醪共劈吳箋欲試毫最喜南樓夏天凊

十弓垂陰老槐高

柬鄭滿洲國國務總理

臥薪嘗膽至誠通天擁立龍種整頓坤乾蹇蹇匪窮樂

後憂先王道如神治績空前中外歸德四海仰賢況予

舊交歡喜無邊賦詩寄頌功業萬年

夏天多雨

欲投書卷病吟哦奈此心身困憊何梅鬱未除天未笑
節當中伏濕徽多

習戰 七月念七夕

遽遽傳警銅遂聲敵機聯翼乘月明鬼歟畜歟沒人道
投毒放火脅市城市城一齊滅燈火壯士赴急忘小我
鐵羽邀擊如蒼鷹長砲射空彈丸瀉翼折舵損敵殆殲
我亦幾人創痍裏習戰課罷更方殘市民百萬就眠安
獨有老夫耿未寐斗星逼戶劍氣寒君不見待敵者倦
倦則佚防備雖嚴不免失十全之策在民和誠忠偏希
舉國一兄弟賴莫事鬩牆扶桑終古明天日

拆字

水皮波浪起翠羽卒然飛無雨路多露閉扉戶非巍情
向小靑邱句成奇石碕莫是吉士口見幾言避譏

題農夫圖

嗚呼大八洲稼穡自神代不負瑞穗名稻粱享天賚揷
秧翠微開秋收黃雲碓輸租餘布多讓畔樂秉耒胡爲
誦豳風國聖夙有誨

八月十六夕上萬松寺拜宸閣望大文字火

寺樓突兀近天河歷歷四山望翠螺最是盂蘭盆會夕
大文字火送涼多

拆字

飛泉白水激谿大可稱奇磬語代吾言半日寺樓時

參靈雲院茶會

退老讀書經四春依然狷介道嶙峋芷蘭雖好非吾適
欲伍當年逐臭人

國粹

休言眇眇蟪蛄身多幸生爲日本人仙藥有餘采徐芾
六經無缺貢王仁播蒸滋味稻粱美裸襪納涼夫婦眞
平穩欲躋古稀壽皞如聖世亦前因

茶味五十首

珠光與古市播磨書其冐頭曰偏執是斯道第一可惡之事古來學藝之士入茶道之門者多泥已成之見難成三昧物安博士老親茶道遊於天眞而妙之境界詠出這無限風味來從來希有可謂盛事矣昭和九年八月千宗守

告老多病命殆絶而又續靜養三年略復如舊乃習茶事方弓之室包涵萬象陰陽交錯正奇不窮雅客時至嘉招屢應究明事物之來由檢討技術之異同縱情而吟乘興而歌獲詩五十首所以養生忘老者庶幾具焉甲戌於隨時軒梅窓下物安自序

目次

點茶　坐作　殘雪擁篲　尺八竹筒　山居園趣
不扃門　落葉沒途　自在鈎　稚拙　正宗書
西味　破鍑　道心成　大服茶　梅天煎茶　邢
瓷　題匣　慕古　手澤　傳產　不識庵茶會
寂庵茶會　一翁忌　利休忌　有人　買賓怒
似屠牛　點睛　利休 珠光 紹鷗　道安 石州流　宗旦　三千
家　古織 宗甫　庸軒 紹智 宗和　宗編　不昧公　猿郎　進
土宜　小田原陣　醍醐茶會　稻葉一鐵　松永
久秀　內赤盆　堺衆　鬼柴田　信長勤王　帚

庵無門

脫却衣冠始契空老餘生樂點茶功且將缺盌擬蘿月捲起松濤爐火紅
行藏沒跡只隨時坐作成章自脫覊迎客手親煎石鼎無窮心賞在茅茨
看經課罷又思茶一味茶禪宛雨花擁篲閒庭帚殘雪滿枝春意已抽芽
淸晨和雪揷花看尺八竹筒牀上安自笑老來滋得氣一甌茶味忘春寒
莫是羅浮尸解仙虛心不復染塵緣山居何物最相樂

手取軍持汲石泉
從參茶味半年程秉箒揮斤園趣成苔石安排無隙地
雜花亂竹也鍾情
茶禪一味拂心昏習靜偏欣遠俗煩出岫閒雲若相問
爲言茅屋不扃門
爐鼎颼颼日以娛無功利處暗懷珠雲松百尺任風拂
落葉須埋俗客途夢窓國師在西芳寺指東庵詠曰隱勢唯道平者松乃落葉仁天我住宿止人仁知良寸那
竹竿七節下爲鉤簡易機工法利休自在縮伸懸鍑去
煎茶湯候愛颼颼茶道器具小大長短皆準規矩謂之寸法自在鉤竹長約五尺徑一寸必七節
不須習技費居諸稚拙還能百悶祛一片竹匙翻嫩綠

晨昏啜得幾甌虛
茶煙裊繞白雲居一味蕭閒屬老餘無復世平髀肉歎
壁間漫掛正宗書伊達正宗晚年賦詩有世平白髮多句性嗜茶事其尺牘妙甚茶人愛之
曾經滄海釣鰲初間訪陶工足起予勿怪茶亭帶西味
缺殘苦窳采風餘予室多用西歐陶器茶人見而苦笑
敬和清寂別成門破鍑亦應通本源笑殺世間誇市價
器非萬鎰不稱尊
爐鐺謖謖送松聲吹散萬緣身自淸疇昔看爲閒事業
寧知這裏道心成茶味在接心功用所以比坐禪
曉泉手取滿瓶銅爐火紅邊日始東閒適不禁憶前事

扁舟幾放激湍中大服茶元朝主人自汲新水煎茶與家人服所以祝一年幸福想予半生數奇比之今閒適殆難爲情耳

籠居日日熟梅天抛去詩書枕手眠斗擻精神何者是
風爐活火石鐺煎

謝世老來絕交友尋常擁卷兼操帚會心最是呼邢瓷
不學當年醉五柳越瓷色青類玉頗適點茶邢瓷白如銀或以越爲勝邢或爲邢超越固無確論但余特愛白瓷耳

塗鴉題匣證名琛殘缺陶壺抵萬金爲是茶人徒翫物
耗將精力夢中尋茶人過重古匠題匣屢爲姦商所乘內容多失其眞可戒茶人又誇眼識時發見金玉於瓦礫中謂之掘出亦又一癖也

茶人慕古似思親形貌徒恭混贗眞一幅裝潢誰解會

纔觀欵識便稱珍
破壺購去不慳金偏愛前人手澤侵因襲難除鄙新技
世間儘有伯牙琴（茶人鑒賞不在技巧上而在來歷因由現時雖有名工多不入愛翫可惜）
茶家得窳費千金絕勝豪奢醉肉林或擬西人買珠玉
子孫傳產樂重衾
不識庵中證無聖茶情法味一圓融長松落雪明窗外
鳥語喈喈霽日風（不識菴雪日茶會庵在萬松寺）
雲煙浮動是江山氣象萬千朝夕間且坐寂庵問茶味
嗒焉無復祖師關（八幡圓福寺茶室曰寂庵）
新蟬老樹送雄風爽塏築樓縣圃同別有趙州茶味好

與雲分座寂庵中
一翁居士剏官休三百年來血脈流十月忌辰進香火
祖堂幽處道恩酬十月十九日一翁忌茶會於官休庵祖堂
古溪和尚膽如斗不憚權威護緇那月次聚光利休忌
半參茶味半袈裟每月二十八日利休忌行於大德寺中聚光院利休自刄後禍亦將及于遺族院主古溪宗陳以身庇護之千氏子孫至今猶思其法恩云
欲催幽趣帚茶亭建水撩雲森似星點禮未央先破膽
有人伸手奪泉瓶撩雲竹匙別名茶會器具衆客請觀各有定期士人不知往往致失態
手澆苔石翠華濃湘筅邢瓷點禮恭盡意不圖買賓怒
嫌他習靜整儀容近時風俗放縱以茶禮爲繁褥往往不擇之者

有人容易說茶事啓發專家辯太強一旦見招就賓坐

屐跟轂觫似屠羊士人强辯難茶儀如素通者一旦就賓坐狼狽失態何由

名器雖陳輕比塵行儀愼重未存眞物形以外睛須點

妙化茶筵在主人曾聽之官休庵宗匠曰名器未必珍妙技未必稀茶席興趣實由主人心尙而生可謂至言矣

珠光以後有閒鷗門下出藍推利休馴致太平賴其力

三軍將士愛茶甌南都僧珠光以茶事仕義政末流有武野紹鷗紹鷗元武田氏甲州一族勝頼滅後改姓號一閒居士事信長主茶門下多出俊傑而利休實其白眉利休爲秀吉臣茶事自此流行武將間其功居多

宗易有男名道安靑衿早已技能完石州大守承風起

雖則夭殤何用歎道安夭殤末流有片桐石見守貞昌粄石州流貞昌卽且元弟貞隆長子仕家光世領大和小泉邑貞昌弟子淸水某仕山內侯故土佐至今多學石州流者

利休次子曰宗淳宗旦爲孫非祖倫乃使三兒各承業

綿綿瓜瓞皕餘春宗旦本有四子長宗拙夭二子宗守瓶官休庵三子宗左繼不審庵末子宗室承今日庵各成茶道

源流

不審庵隣今日庵謂之裏表世咸諳官休庵在無車巷

千氏分家的是三

古田織部自休門過信邪宗背國恩誰識出藍遠州有

華奢無度祖風渾小堀遠江守政一號宗甫爲伏見町奉行瓶遠州流愛翫器物曾自定中興名物茶道日就華美者實宗甫罪也或曰宗甫私承旨幕府使世陷于文弱姑息欲以貪太平未知然否

鬼才宗旦出庸軒藪內之家同一根千氏本支何有限

宗和亦屬道安門藤村庸軒藪內紹智金森宗和

宗編學旦亦千流乃以家傳抗遠州樸茂雖嘉反時好
祖風不振使人愁山田宗編名周學宗旦門宗編流存于今
東山名器奪眞宰更有中興揮異彩不昧侯家五有三
燦然收得珠藏海松平出雲守號不昧石州餘流家大富乃廣蒐珍器于今實稱海內無雙
略地山陽未戢兵臘窮謁主獨回行猿郎不復舊廝役
茶禮拜恩安土城天正九年秀吉征山陽駐營姬路歲末獨歸謁信長安土信長大喜曰藤吉郎不復昔日小廝正是
三國大守接見宜以厚禮乃期以明日設茶會然不禁徒待晚間私招致歡晤移刻云
請謁將軍進土宜城中絡繹馬車隨將軍嘉納勞征役
賜出陶壺是賞賚秀吉獻以土宜明石鯛三百尾外諸物無數信長見而歎賞臨歸賜以名物茶器九點秀吉大喜途
次開夜話於𣳾木城卽用此器云君臣水魚之情可想見也

半生志業未懸弓荐裹刀瘢征戍中誰識英雄閒日月
砲丸注處賞松風（小田原陣茶會）
不似平生處困窮豪華一夕萬金空捲雲喚雨蛟龍變
張宴醍醐太閤豐

茶會佳招本設囮虎狼陰伏奈君何護身不是懷中物
平日識來文字多（信長設茶會招稻葉一鐵信讒欲害之也一鐵察知私懷匕首而行壁間有唐僧偈頌一鐵讀過爲傍人解說且曰此詩宛如豫爲信長奉賀者時信長在隣室聽之而知一鐵無二心彼因得免）

忍爲三惡本超群不免汗靑傳臭氛一事臨終更奇怪
平蛛名鍑與身焚（松永久秀）

舶船犯禁一乘風外貨邦珍互市通喚做若濱漂著物

何知內赤自西戎內赤盆又名若狹盆東山名物之一蓋北海密貿易所齎

遠志信長招堺人自供茶菓遇嘉賓他年軍費勞他手

馳驅中原似鬼神堺衆卽是當時富商

安城賜謁鬼柴田臣節無渝跪主前臨發爲遺一奇鍑

口如老媼狀平扁釜口凹似老媼無齒故云姥口信長素甚愛之當其割愛作歌餞之宛如於親近者

王室式微誰盡忠迎將朝使表葵衷平安搢笏先心折

餘事解茶良將風信長元不過荒服一武弁但夙勤王事與搢紳交故解茶法

見說帚庵論鼎鐺空前大著賁文場千金定價未爲貴

貧困書生詎得當法高橋帚庵著大正名器鑑十卷印刊糜資四十萬一部售價八百金想書貴如是本邦所未曾有

泰東茶道泝眞源要在精神絕語言請見爐前百千態

除非心法更無門以上茶味五十首終

次韻寄後藤米川

擔風門下有奇才每讀藻詞驚幾回一夜倣君警囡囝

高吟拍案叫佳哉囡音南謂女兒囝音蹇謂男兒

風禍八首節錄九月念一早朝事

突如風烈襲京畿慘怛景光言句非振去暴威無所憚

樹僵人死屋梁飛

十圍鐵幹萬年枝長爲紺園競妙姿風折一朝露眞相

衷心已朽只存皮

朽舍不釐成禍因學童壓死眞悽絕昔人戒惰說綢繆

何者厚顏罵風烈
閒却硝燈蠟淚垂家家災後拾曾遺到頭新技不如舊
一脚金蓮照夜時
風速邦里六十五氣壓七百伴豪雨甭尺高浪掀天來
掃蕩漁村無一字
震災荐至驚人間筋力祇應備萬一放縱是仇安逸同
芟除惡癖急如律
超然刊壽福集魯魚焉馬誤字百出超然乃作正
誤表郵致表亦有誤字訂正不再三末後添一詩
懇請宥恕卽和却呈以慰撫之

本來世相贋眞交焉馬胡爲强解嘲孤獨昨宵守燈火
鼠跳誤作閬仙敲

風後夜坐

風入妙旨動閒愁坐斷塵緣句荐求破障不防月光透
蟲聲寂寂劫餘秋

舊曆九月十三夕

越山并得能州景横槊賦詩明月中假有此文無此武
古今多少倚樓人

題稼堂自敘傳後

著作千秋重似山畢生事業手親删孤松獨秀巉巖上

北斗高懸霄漢間心抱殷憂曾獻賦身甘三白久離關
家鄉收筆夢應穩無復羈窓撫劍鐶

六言

多志不異無志老年何如少年徒爾東西南北龍鍾宜
樂壺天

冬日上拜宸闕

浮屠塔上放眸看雪覆四山冬景攢魏魏紫宸臨萬戶
居然王氣滿平安

臘末樂社小集

老年日比少年短偏訝天公有曲私未醒春山花下酒

又吟殘臘逐貧詩

臘之念三家長兄逝

已隔幽明夢尚疑
連牀形影夜方移
北邙山上月空白
孤雁一聲秋盡時

煎茶

尋常咸道蟪蛄身
豈識此心兼萬春
殘臘煎茶囘筅處
現來無位一眞人

再講信心銘

廿五年前講此銘
自言明白撤畦町
老來不免陷迷藏
流水無聲雲亂形

悲喜二十二韵

光陰如流水匆匆歳暮至回顧悲喜交揚搉作手記孟
春治眼來免得顛冠履日課讀畊餘留客又盡醉春暮
迎國賓嗚呼鄭特使炭漆復社稷機略眞絕世梅天終
不雨西陲苦灌溉七月却多淫東奥苦冷害入秋襲颱
風京畿厄尤大校舍諸方崩綢繆果誰懈窮荒須賑贍
仲冬召議會黨人乘機噪所計在自利自利公私咸銅
臭漏屋外司直伸鐵腕未能殲醜類別有國士獄峻刑
不可避馬稷雖可斬浩浩諒心事塵事推移爾到底亂
眞僞幸免手脚忙久遺人間戲猝閒阿兄訃殘臘闇涕

泗雖知是糾纒禍福亦勞思往事寧可追休咎在明歲
付囑池邊鶴淸唳捧新瑞

除夕

厭殉人間利與名草堂未免太忙生陳前何必問姸醜
一例祭來眞性情

乙亥

和歌御題池邊鶴

昆明池水靜無波反照旭光珠發磋丹頂有禽送淸唳
裕然聽做萬年歌

六十六

魏武謝安又蘇軾行年六十六歸元樂天有句自殊別
此際人生始足論

春雪

心香一脈透梅餅讀到仙家童面經不似去年臥醫館
玻窓積雪望春庭

飼養白鸚鵡已十五年

開元承寵雪衣娘金殿慣聽私語長今日茅檐還自得
歌聲時和主人唐

土佐宿毛東福寺舊藏赤穗義士遺墨聞昔義士
已復仇詣泉岳寺有一雛僧即東福寺徒也侑茶

葉次請而得四士筆蹟藩政之時有作榻本者爾時木村貞行負傷紙上所留血痕實因是也予頃得一本乃題卷後

直提首級謁丘墳千古精忠答故君不耐腥風吹座上留將碧血印遺文

删詩

心匠百端裁一詩自思妙語異他時再吟未棄惜雞肋三誦初知是敗齒

永井單山手書云僻村于今用陰陽二暦一年兩度迎新乃知自壽躋一百三十四嗚呼衰老何甚

也予則不然
海外遊中歲屢遷俗殊不見祝新正辛盤若可算人壽
今我才躋知命年

火宅

反反勸君須守卑終生不受世間知到頭火宅有何好
擾擾無鳩趁利時

寄懷蝶如在黑谷山中二首限韻

遠山當面碧層層攬勝景來窓可憑著得才人情不惡
黃昏詩味佛前燈
物安居士字眞澄疎懶曷如精進僧嘗向天台飛杖錫

臨風獨立白雲層

手島堵庵先生一百五十回忌

心融躬行昔賢倫垂教東西幾苦辛節婦孝兒相接踵
至今猶仰化如神

壺天

悠悠莫是絳霞仙醒醉不妨年又年木島思詩祠廟畔
花園問法塔堂前往時開化多遺跡當代繁華簇瑞煙
隔斷紅塵足娛老洛陽一角有壺天

三月六夕雪後詣天龍寺禪會

宛然幅幅畫圖開一路殘寒衝夜來孰是祖師眞面目

月中積雪雪中梅

賣劍詞宗七十次韵 原八

自與凡庸異所爲知幾何敏近名遲連城不著世間垢

首首聯珠賣劍詩

湘南高臥筆縱横惡僞性情憎俗名月旦人推獅子吼

平生不作野干鳴

七十養痾泥溫凊雖云身病不心貧臨風一唱才何偉

骯髒瑰珂獨處人

奉佛

安井草堂嗤我今不磨寶劍不張琴輒然而坐篆煙裏

欲請大悲觀世音

匹婦

假令兵器載如山運用失人輸寸鐵可笑讀書累萬編
不如匹婦磨名節

茶後

不用歎非運朽根花又生佛恩知宿命天惠復雙明鑵
子白湯沸猫兒赤鼻鳴小齋喜無事茶後石田耕

聞昔干將作劍莫邪斷髮剪瓜投之于爐中終以
成劍云顧近世學術謂精鋼之成一由于炭分多
少者古人夙得之於經驗矣

爪髮請神金鐵濡妙機在炭莫邪爐寶刀脫室新經砥
絢爛星文細膩膚

遲春

閒適唯應訪春遍吟行早欲卸重貂百花競艷期旬日
已見駒山雪半消

火

火道從來屬天閟人間來得發奧秘敢然往奪普露美
地上從是知鑽燧天降嚴譴普露美鐵鎖拘留囹圄中
賴有希呂揮恠力斷繩解縛救厄窮藐思混沌欲分際
清輕昇騰重濁滯重輕一分仍相依兩兩久遠幸人世

近代化學剖析精乃以養素擬淸輕露美所奪關此物
燃燒之理炳焉明嗚呼火道眞可重無限威力供群動
君不見佛者曾說壞空來壞空來不剩劫灰戒之愼之
勿輕狎一逆嚴威便自災

皓堂稀壽次韵八首節錄

靑年立志不尋常免得餘生手脚忙一卷聖經歸禮節
閑將邪思凛於霜
古道照顏眞可憐及門多是出藍賢梅花白屋淸香迸
鼓吹斯文七十年
便便腹有輪囷膽出處何歎世途險一醉陶然放脚眠

歸家偏喜功名淡

初夏漫題

乳燕飛飛欲去遲南薰解慍正斯時鬱金香漾巨觥酒
翡翠光流嫩葉枝枯淡日常只耽句平安世路不燒龜
偶同隣叟問公事半畝行追播種期

讀藤原豐安所著安德天皇史蹟（在土佐高岡郡横倉山中）

戰敗陽言海底投逃將虎口幸南州横倉山頂行宮儼
扈從如雲宣帝猷
忍進薜蘿充御衣豆糜芋飯日欷歔巖廊草席君臣恨
無奈平家末運非

妙心寺開剏六百年

佛殿法堂飛瓦檐皷樓浴室也莊嚴上皇悲願今猶驗

淨苑新懸五色帘

根本智

乾坤作皷良知撥大法説來聽者稀爲是耳間存兩豆

如何免得迅雷違（良知之字出于孟子陽明襲用之然佛氏以後得智爲惡智以根本智爲良知所指或同乎兩豆覆耳一葉蔽目見鶡冠子）

六月念哭南針軒霧海老師

叅玄難再哭而慟三十六年疑是夢標有梅兮感宿因

滿庭綠雨莓苔衆

六月二十八日夜半雷雨洛中大水

滔滔濁水襲城隈豪雨傾盆伴疾雷風禍前年痍未癒
昊天何意再爲災

七月四日東上治眼後此行爲初

老夫得得訪東京百物如湔天地明却想前年强疴上
暗中模索仗筇行

拔草

後園數弓地雜草尨茸侵芟除日努力秉鋤又揮鎌用
功有少缺餘蘖忽抽鍼一經宿雨後彷彿捋虎髯因思
刪詩苦去穢欲不任洒帚或可了難了是徽音

歌意

枯叢狼藉凍風吹進馬原頭路幾歧佩鞢珊珊韵如玉

滿天飛霰射雕時

九朔霖雨諸方虔修關東震災十三回忌

秋霖寂寂暗書窓一枕還忻暑氣降知是震災十三忌

梵鐘聲近午天摐

水後久暘

雨休即致烈炎侵甕牖昏昏憊不禁獨恠人間何善忘

水殃未瘉又望湛

曉雨拂暑

雷雨一過宵夢安朝來方想是秋殘滿庭風竹仍多露
飛沫送涼層碧瀾

無題十一章 節錄

請教諸家從字換不慙代作自書名獨虞他日逢烹鍊
劫火旋燔僞性情
如逢客問須揚美不用忠言買不平正法眼藏偏貴密
心心相照待神明
路逢劍客須呈劍不是詩人莫示詩說去大乘阿含外
法華接衆亦慈悲
微言聊爲使君投這裏非無好膳羞須識尋常淡如水

作酏作毒別蛇牛

篇什寄來新墨光雖言乞正實期揚質疑時致芻蕘意

不免人呼毒舌郎

鎌倉懷古

莫以盤株擬淚碑蕭牆不戒滅宗時金槐集就傳才藻

償得生緣太數奇

感懷五首用藤田幽谷登嶽韵

千言萬語佞金仙說到本源無可傳眼藏悉今仍溯古

脚痕卽地欲捫天妄追幻影水中月竟負眞空火裡蓮

輸與薜苔契般若綴來淵默雨餘篇

結廬且滯洛西方風色依稀似故鄉三界周游任神往
等身著述厭名揚煮茶乙夜頻吹火操篲清晨好履霜
偏憫秋蟲何蠢蠢草間凝露抵仙漿
得句平生儘淺膚萬編讀破未能都衆流同揆指前路
神會何因舉一隅列岫捲雲降仙宅飛簷逼漢坐禪衢
逍遙最愛新涼夕弦月懸松影有無（妙心寺寺中多松樹）
謙讓持身世所尊應燈行履典型存金風一體人將法
花藥不他乾與坤垂釣曷爲鼇易逸講經自識餅難翻
聊淩雨露太秦里雪佛悠悠守篳門（大應塔所在草堂西予近講經於天龍寺又草堂門前樹雪佛句碑）

莫說須彌最上穹唯心淨土卽成功臏將半臂道傳世
截斷兩頭劍躍空八朶芙蓉剜玉雪一枝羽扇捲天風
哲人標榜元如許跳出凡流獨自雄

題慶州府新羅奉德寺古鐘雕文天女拓本

婀娜仙女自兜率舞容翩翻來讚佛拜之誰不浴慈光
未聽鯨吼已輕物新羅天子莊三寶丈餘犍椎鑄冶妙
未曾沈埋未破摧鏽面于今全繪藻拓得携歸揭壁間
焚香日向好容顏冥冥之中有神助坐臥便超生死關

新羅惠恭王六年鑄鐘口徑八尺餘重一萬九千二百貫

石田三成

欲挈手兵殲大憝僵而後已邁荊軻棄名就利凡流事
不恠諸侯首鼠多

仲秋觀月大珠院

莫是虛舟泛浩洋經樓枕水聚秋光虬龍蹲踞松生岸
蟾兎跳梁月印潢賓雁夢安蘆荻茂法燈影動露風凉
賞情未罄又移席與客賡酬竹葉觴

讀鳩翁道話

自埽眉塵說貫通皐比不歎至人空方知匹婦何曾讀
百行化隣模範中

秋霖讀高啓全集

妙絶青邱五七言湖張廣樂鼜囘竉感君世故重臣節
痛涙更濺秋雨門

秋禽

退老不繙功利書混同物我一終初爲言候鳥舊枝上
莫報秋來儆懶予

武魂

侯伯各就封鞬櫜休攻伐戰士瘉金創昇平運自豁越
前狛氏（秀康臣名伊勢）子擐甲禮初設仍是戰餘風成俗儀何
切阿閉掃部（同秀康臣）在話出戰場訣（以下三十八句爲阿閉之語）曩隷柴
田氏賤嶽刀刃折（柴田氏爲秀吉所滅）余吾湖畔途痛恨欲嗚咽有

騎自後呼進退頗有節云自晨酣戰猶未會豪傑請公一快戰想公當不艴（以上四句騎士之語）默諾欲相搏騎士一叱咄須臾復自言請公莫草卒我戈鉞雜兵（以上二句騎士之語）就渚洗槍血奮鬪虎與龍氣勢何壯烈勝敗難逆知騎士猝棄鐵云今天已昧交戰應須歇我名青木新（新兵衛）裨將非世悶他日若相見不辭雌雄決（以上六句騎士之語）一別消息無雄姿眼未滅（阿閉語了）語罷徐一咳憮然搔霜髮新時役厨房窃聞阿閉說排闥而入座仍是健老骨云豐家滅後落魄獨守拙（以上二句青木之語）兩箇好男兒再會得膠結坐客齊感歎恍覺金石裂事入秀康聽復祿就士列佳話非虛構

曾於駿話閱獨恠操觚徒未多上談屑不似西土事諳記及走卒平生說武魂行履奈鼠竊聊成吺吺言無復慮拙劣

白詩

漫呵白俗胡爲者色裏膠青要究知却是凡流事形似絕無書卷意殊卑

重陽小集

露氣已深叢菊開重陽題句上香臺茱萸只合祈無事海角頻傳戰禍來

龍安寺鏡容地秋日卽事

山寺有池千頃開芰菱采采滿舟囘佛恩無復金丸厄
堪使遠鴻休翼來

暮秋

莫使西風攪林樾倦游我是霜枝鵲可憐雲白獨悠悠
凋盡朱顏薄黃髮
落盡高桐白盡蒲物華倏忽與秋徂由來玄化屬鑪鞴
莫恠匏能出白駒
曉霧果能開午晴蒼天廓落似磨瑩稻田刈盡猶捿雀
遺穗有多堪樂生

長樂寺山陽先生墓畔鄭蘇戡詩碑成式場卽和

天柱再成天亦順老來猶贊帝堯功一篇沈痛他山字
曾是黃泉泣史雄

過小督舊址廻文體

鳴琴托得帶悲愁遠闕宮娥紅涙流行客無多風渡晚
驚波白水峽高秋

乙亥立冬後一日菁莪窟老師與獨潭長老謀觀
月于嵐峽一指會同人皆隨喜座中有歌者其聲
妙絕

迦陵聲起妙航中踞坐法王眞六通欲使金波證空色
高懸明月照龍谼

負局

菩提樹下覔心糧無味偏肰百戲場瓿缺固知睽負局

幾生修得到磨光

手澤五親字皆別義

雖多庶親不如親風樹有歎親奠蘋一卷可親存手澤

親民章句念成仁

亂慊

亂紊也臣當位有何慊上聲音歉恨也翼贊宏謨勤且勉須去私

心絕亂階偏從慊去聲音怯足也德是忠善

冬晴

欲駕逸禽雲際翺冬天放霽遠而高已看霜降殘蘭菊
却喜酒酣肥蟹螯干世不多心漸定餘年無幾事須逃
唯嫌孑孑乘烘暖化作蚊雷老血饕

寒日

凍雨前宵黃落盡四山獨剩後凋青急催內子營寒事
七十衰翁亦惜形

詠史

不教醜虜得生還一帚妖氛解聖顏筑海颶風奮韜略
太郎勳業重於山

豐前豐津中學校庭亡友大森藤藏學士頌德碑

成

爾汝相親亦宿緣成均同火鍊丹鉛里門今日撫貞石
不下皐比三十年

居韵

地陿客少一茅廬寧日偏多奇貨居白水青山儘吟詠
何時讀了五車書

同蝶如分寒儒守典墳句爲韵各賦二首

入夜偶過山寺下風錐露及怯衣單苦鳴知是凍禽醒
星隕林梢塔影寒

通拘醇俗漫論儒誰識眞人守以愚已有子孫孫有子

北山可鏈一胡盧

曉雪煮茶時從兄川田正澂訃到

未看著梅蕾曉雪臘寒殊存歿悲人事窮通慊世途地陋少詩客室小適茶爐聊欲囘春色啫焉發玉壺

同鄉和田收學士孺人嚢以昭和四年嫁君而君未得志喜共艱苦夏天負稚子鬻氷飴街頭終致篤疾今年六月君將赴任山梨硫黃礦山孺人私期永訣自斷鬢髮以餞十二月病革而不肯告君從友人知之蒼皇歸問孺人不復言苦從容逝矣貞烈無比聞者掩泣代孺人作

自從于嫁分辛酸閱盡人生行路難今日訣別仍有慊
未看鵬翼九天搏

歲晚記夢

解龜六載賦詩來風月無邊幸至哉唯慊夢中記前事
青泥欲過馬虺隤

乙亥二十八韵

迎新未除喪賀儀隨簡易茶事宜防寒的傳上初地四
孫自遼東歡極又下淚淹留一月許春光正相洎臨發
懇訓示大成期聯翅夏初過鄉關爲兄雕墓誌鶺鴒空
相思幽明途終異脫稿雪達磨（隨筆小冊子）隨處寓諷刺但

是兎園策淺薄分唾棄六月哭南針河野霧海老師久遠撤法
幟恩讎兩未酬黯然拜靈位賴有心王在德化洽光被
月末覆盆雨京畿水大至我家幸無難知是鰲背利七
月之東京金葉承恩賜鄙著英文東洋錬金術附手民諸子校訛
字杜撰雖未免廿年勞吾思泰東文化源庶幾闡神秘
八月復有水九月乃無事十月創龍社龍珠吟社尋又游吳
肆詩禪樂無窮英豪且連轡聽講化研京大化學研究所予會承之初代所長
夕此會屬秋季自退官六年發展眞可憙別期末子婚
營儀在明歲欲諗愼汝躬百福須自致聿餞乙亥年喲
杯取酣醉押來廿八韵吉凶都入記莫道少雅味畢竟

是游戯

祭詩

今年三百首寫景又攄情情與層沽淺景唯培塿横

丙子

試筆以丙子元朝四字爲韵 節二

屠蘇醉裏取羹餅聖代宏謨四維脊六秩欲圓吾未衰

今朝喜見歳移丙

功罪如何畏青史人間日月莫言駛頭童齒豁保餘生

六度閲來星次子

和歌御題海上雲遠

面壁毋言吾國小直從背後接波濤只應努力期開發
萬里海天雲嶽高

自述

甲子方周四百七形骸未朽自煎茶十千沽斗有餘樂
不遜香山處士家以日之甲子算六十七歲卽四百七周樂天六十七歲句云共把十千沽一斗

頌子歲題南泉斬猫圖

子姓承天如何致治南泉活機先拂妖魅

心王銘講了

居然鹽味又膠青欲識心王莫泥形夙是鈞天沒蹤去
雙林消息問遺經

欲起心王致太平江湖探遍聽無聲誰知體性空如處
淨土莊嚴立地成

讀惺軒博士著天泉鼓腹集

閒來讀易意思殊君子隨時不守株尙志就仁慕先哲
育英爲樂亦眞儒丹田氣海良知致月窟天根萬法俱
鼓腹集成饒道味高風千古繫天樞

西行法師

笠蓑以外有何用遺棄珍奇不復憐北面秉戈疇昔事
托身雲水是歌仙
已是心灰契妙機不嫌風露犯征衣杖藜此夕爲何重

澤國秋淒孤雁飛

願死春酣明月夕白櫻花下瘞形骸枉收射虎搏龍手

一首題來吉野齋

奇哉佛子遠離奉去位棄家兼放寵一切不留猶有物

奚囊重過富山重

贈豹軒博士

母言翻覆締交難品水評山又弄翰珍重南溟續蹤有

社稱行樂各披肝

季子眞民新婚賽巖島

華表春溫淡靄籠鴛鴦浴向碧海中欲追向子放吾行

無復塵煩入竹叢

寒夜煮茶

寒威墮指憶曾聽日日茅齋氣下零欲點龍團返春暖
亦添櫟炭活爐星

陰歷元旦

彩霞輕拖値元正季節溫和喜陰曆想見賀新封建時
帶刀著袴謁方伯（袴國字舊時士人禮裝）

探梅

城南春信雨晴初千幹梅花滿故墟嗅遍清香窮日力
豫知淡月照歸車

尋常詑道愛梅幹苦節淸香豈得同花底徘徊形耻影
酒氛肉俗眼朦朧

陸軍記念日

胡軍百萬簇旌旗圍擊將兵囘智謀斫盡鯨鯢殪妖魅
寶刀長鎭大和州
離合放收兵有神驕胡一擊盡邊塵深欽彈雨不空注
皇土培來四十春

寒江送友

花下相携約又空布帆遠影水朝東滂沱灑盡兩行涙
枯荻聲悲不是風

易水別離毋復說朔方多汝去揮旄江天二月晴無翳
目送信風帆影高

雪日鐘聲近

手龜不可碾茶磨鎮日無聊對白鷺封得乾坤猶未密
近聽鯨吼出山多

長吉 幷序

近時邦制士人有名無字號其有字號實係私選與
西鄰不同也而邦儒往往泥彼見他人不稱我字號
而怒固無謂耳又或以權八甚六等之名斥爲通稱
耻自稱之使人殆疑其非親授嘉名尤可笑也只夫

西鄰却有韓子助後漢 高渠彌春秋 蔣家駒清 劉受二明
李長吉唐 向子平漢 三旦八元 等邦儒則見之不恠
前後矛盾抑又何謂也
親授吾名須服膺莫將長吉斥通稱訝他字號元私選
人不用之呵且憎

皓堂近作五古題曰警言慨世憂俗力排科學其
志可尙雖然如其自以爲嫌新憎巧執舊守拙總
是佛者所謂揀擇耳揀擇則科學距無理會之會
甚遠矣賦呈質疑
物咸有兩端執一則他背譬之如桔槔一進則他退進

退且勿恠雙雙以稱對又譬如水躍過顙莫能礙莫礙奈之何水性豈決潰大道可精明仁義又從廢智巧彌鍊磨大僞乃相逮達者不居一能與物謝代常持以全體汶汶不能穢緬想田夫子懷抱異流輩雄篇仰高風雒誦不一再燈下呵凍毫違言聊致佩擔板若可度請不吝台誨

大珠院

大珠古禪刹敧瓦萬松間門對鏡池水窓開眉黛山衲衣和雲挂猊座著苔斑時引爛柯客棋聲卜法閒

正月五日應放送局求講安積艮齋劍舞歌友人

某偶在台北聽之樋口維石又寄詩稱之次韵答
謝
無爲六秩退藏時鏡裏斑斑雪點髭不信此聲徹都鄙
機前講去古人詩

春寒詣佛
京華二月尙親爐未見春風遍九衢鐵幹著花寂星斗
金衣學律轉盤珠人生可百誰躋百世路嫌迂不免迂
笑却推移仍變易朝朝乞驗詣浮屠

二月念九讀新聞號外
魏魏黃扉鎖二宵相公見戮荐童謠宿因不似義央拙

炭庫全生再立朝

春雪

待伴又看詩興新不須送炭累鄰人南都水祭寒將盡賞雪唯應惜此晨待伴謂積雪未消將復降雪也范成大詩云不是雪中須送炭聊裝風景要詩來

僧院看花

鐘磬聲幽和瑞香正逢彼岸會中慶庭花如錦僧如玉現出鈞天五百房

絕無塵壒最高層山院住持煩聖僧今日殿春何者是紫豨帶寂老長藤

遇舊

懸隔參商暾飣勞崢嶸世路幾彈刀如今又識君同苦
無復鬢絲堪可搔

有客無端同旅夜食堂車裡得遭逢暫時相失復相記
曾是西航伴順風

餘寒甚

未見鵝黃上嬝枝凍風日日鋭如錐欲憑江閣沽微醉
枉是流氷鎖緑漪

偶成

詩趣笑吾猫眼更一憐魯直一憐衡浮萍畢竟無根柢
任是風吹奈性情

入學試驗

春入田園百草萠方知天意在生生喜聞諸學開門戶
應有青矜至大成

輪廻

明治甲辰歲緒餘欲親翰執贄周峰老且携槐南籖師
時七十八詩名重騷壇謂昔宦洛下師事梁星巖忽會
風雲起匪躬解倒懸水師戰西海陸軍扼馬關皇政復
古後買牛賦歸田梁氏亦已逝後繼拜湖山請益無寧
日知是一代賢予迨師未衰侍帷殆十年不奈魯鈍質
未能窺奧玄空遭師捐館去跪蘇戡前蘇戡斥明詩沈

著最所先且云陸劍南妙旨杜蘇兼平生服師教湛然
獨鼓絃他尙知劍客豹師與服仙請教非一日下愚或
可遷偶聞禪助詩銳意趨祖筵祖筵無所得豈謂詩非
禪求之亘三祇三祇莫相憐六道本輪廻輪廻抵涅槃

鹿王院詣愚庵歌碑

鐵眼生涯曷數奇尋親不遇問禪差最無聊賴漂舟語
裂斷心腸亦可悲

衆愚日

市中暴徒起危機在一字蝕室大史注干支四月第一日
奇字

有人自署其名驫恠訝爲訛亦曷麤三女作姦三白皛
定知三馬讀如駑

春歸

白散紅銷春又違繁華如夢一殘暉雨纖煙嬝柳絲濕
知有流鶯涕且欷
細雨朝來洗粉脂風情偏在謝枝時胡沙埋盡明妃艷
更使君王抵死悲
春天無賴恰淸明淫雨連朝不斷聲想到馬嵬當日慘
血痕滿地一傷情
狂風妬雨太狼藉恨紫怨紅翻掌間賴與天行身得健

明年應復樂春還

日本刀 原五

漢技鑄銅吾鍛鋼精工冠絕大東洋惜哉作鏡失其傳
獨使寶刀專耿光

神武止戈欽聖謨仟年守固絕邊虞偏憐寶劍吹毛盡
出水芙蓉光彩殊

一脈法流承鳳毛應燈滅後太蕭騷鵠林機略回頹勢
隻手揮來日本刀

講般若心經于天龍寺開講拙偈

摩訶般若波羅蜜成住元將壞空同朗朗世尊金口說

和來龜嶺萬松風
花紅松翠彩春山下有長橋一水潺裙屐如梭詣禪刹
摩訶般若不防關

大珠院八景

林鳥喈喈近紙窓早令老衲睡魔降東山曙色青如黛
幾處香臺颺法幢 東山佛閣
左爲雄德右天王天設重關護洛陽周道一條通大阪
輸將百貨滿京倉 八幡茂林
天門低處一川通流自湖南至海東雲盡野平窮目力
布帆影過稻粱中 淀江舟楫

老松幡屈似玄驪風死波平躍鏡池最是秋空新霽夜
月明挂得寶珠奇　鏡池虬松

紅楓張錦肅霜秋境邃寺庭能引猴孰若清新初夏節
滿枝嫩葉映龍湫　寺庭楓葉

大閤榮華何處尋桃山久委棘荊深自從當日埋弓劍
東向不忘焚水沈　伏見城址

巽位放眸田隴間五重寶塔是仙寰肉身菩薩曾留錫
餘德于今法味頒　東寺塔影

海東巨刹妙心寺帝網重重耀佛天黃調洪鐘鳴日夜
玄音似警法師眠　花園暮鐘

笏

老脚遊行日以常一枝笏是股肱良盛詩不厭奚囊重
賦遍南都又洛陽

龍安寺

來攀苔逕卓烏藤酷愛幽閒不自勝爲謝住持勞洒帚
夐然有異世間僧

五月十四圓福寺茶會

夏初又過梵王家爲謝主僧煎趙茶萬壑已甦新樹色
千人同挽白牛車不迷順逆洞門路一任徂徠淀水楂
賴是老殘參法味勝緣結得抵空華

初夏　原五

洛陽四時好最好夏初回青了騷人眼東山嫩葉堆

嫩薇與肥筍入夏賑庖厨夏去夷齊餓莫忘爲後圖

信長

怒爲心火戒毋親冷靜誰能似石人惜汝空藏英傑略

一朝不忍遂亡身

茶室偶成

鶴羽掃來爐畔塵壺中乃覺世途分青苔作席山禽客

不鎖茅庵廿字門

讀白集

陸離才藻格風遙白集繙將欲逐條畢竟人間何日偃
老餘猶有爲詩勞

觀魚

觀魚各各異其情有羨優遊有欲烹畢竟人間殉私慾
樂天道破一精明

眄眄

樂天感張僕射諸妓作云黃金不惜買娥眉揀得如
花三四枝歌舞教成心力盡一朝身去不相隨眄眄
讀此詩泣且答云自守空房恨斂眉形同春後牡丹
枝舍人不解人深意訝道泉臺不去隨不食旬日而

死予頗感其志次韵而作

一朝身化訣娥眉衰盛不如花謝枝輕薄偏嫌居易筆
空令眄眄死相隨

櫻井懷古

弔來櫻井驛千歲烈遺風奉佛臣良去蒙塵帝紀空群
雄趨自利一族守孤忠慷慨撫苔石誰追父子功

繩牀

醉臥繩牀上一嘯氣舒長逕斜門絕俗窓明室占陽授
毫磨古墨念佛爇沈香風月老餘樂甚深不可量

空性尊者

老境復奚望丈方眞樂哉逕留枯葉沒戸向白雲開茶
味兼禪得酒情催句來擬空性尊者坐斷雨花臺

觀壬生狂言

皷鐘等扞（等皷聲扞鐘聲）不休鳴演伎無言百態行奇趣堪教
人絶倒夏初法曲看壬生

梅雨書懷

宛轉蕉心入雨期蛙鳴閣閣起前池鑄銅幾析秦臺鏡
學律頻繙宋哲詩輕甲流塵因老積孤栖寒枕爲禪支
天行唯健不曾息七十衰翁欲曷之（放翁句云一聯輕甲流塵積不爲君王戍玉關）

余年十九時一遊東北會盤梯爆破比有人自檜

原至具說滄桑變有感而作

十九草鞋行奧羽盤梯爆發記天災有人比自檜原過
聽到滄桑鬢欲摧

望嶽

海東名嶽仰高哉八面玲瓏霽色開奎運何時閉郤脚
欲乘飛艇究崔嵬

夢登不二峰

芙蓉萬仭不須翰來坐雲霄攬壯觀脚底皚皚千古雪
天邊輥輥赤烏丸

梅天遣悶

茅檐連日雨如麻晝暗書窓蕉葉遮行恠山崩坐疑佛
帝江穿竅是蝦蟆
也無客刺向門投閙擁庭柯寂占樓閒裏源源得佳句
肯言梅雨是詩鉤
四鄰稠密市街成灰石屋與朱瓦甍猶剩零田耨梅雨
近聽叱叱遣牛聲
去年梅節雨傾盆破曉街頭濁水奔天霽浹辰洿尙在
眼看轍鮒鬭乾坤
嗤吾無賴似青蛙喜雨吟行不命輦最是風情楊柳岸
掠人飛過燕釵釵

遣悶仿放翁短歌體

雨師虐詩人椉鎭日閉戸酒杯寛萏砌時看梅子摽蕉葉儘教篆蝸盤篆蝸盤矣欲坐睡夢入空山叩禪寺撫頭自嗤吾染緇寧識頭童因老至

偶語

驅將妙想入詩來妙想多無人得解解兼不解任汝爲都來畢竟吾心畫

記事

丙子六月十九日後三點陽七分蝕蝦夷樺太乃皆既晴了一天便蠡測

昔遊

儘教煙霧犯征衣年少探奇陟險巇水湛中禪鑑眞相
峰縈綠髮仰明妃大魚覆艇暴逢雨斷碉阻途猶策䮬
近聽崔嵬鑿周道游人車轍駛如飛

梅天

降雨如繩行潦潮欲浮枯葉擬遊橈悠然出窟入禪定
誤認蝦蟆莫作礁

夜觀天象

暗夜窺天駭神異非家我欲暗樞機北辰獨聳衆星拱
開闢以來曾不違

邊疆無事海收濤長是蓬萊鎮巨鰲恠看天公有何警
光芒如劍斗星高

燈前拂室拭靑萍無復風雲擾海溟試自中庭望天象
光芒空射破軍星

夏夜追涼過野坰北辰低下近山屛遊蹤記昔過歐魯
高向中天認此星

敕童移簟架藤邊渦火遣蚊披篆煙我是非懷杞憂者
涼生河漢夜觀天

聞人避暑鞍馬

笑他誤想石泉泠窮谷無風嶽繞屛莫作出廬借鞍馬

不如閒坐拭青萍

志田順博士逝

一鼓舌端達順顚論鋒銳利世間傳經營處處廳房外

阿武山頭覆墓磚

客舍題壁龍珠吟社課題

窮方作客且留鞍豈有阿誰知我顏牢宕生涯血和淚

題詩破壁一燈寒

夢見家鄉猶是幸我因不寐夢無成殘燈影暗荒雞近

壁上題詩久客情

來投客館命藜羹一醉陶然展脚橫且喜此行探上國

題詩半壁電燈明

客舍恠看題壁語十中八九不平人四禪天始免災禍

處世須知多苦辛

聞諸老開詩筵大覺寺賦寄梅痴老

大覺開筵似據城弓腰鐵面會同盟咄嗟聲和石泉響

正閏入詩心未平

會談五高教授諸賢

肯言三樂比榮啓七十平頭尙强步話到龍南神欲飛

寒朝伍衆摶玄兎

新秋觀蓮

芙蓉秋早彩泓池白領紅襟絕世姿萬柄齋搖露珠迸
清涼徹骨曉嵐時

關原懷古

中山古驛膽吹陽道是當年血戰場侯伯殉私背恩義
寡孤無援失金湯終成覇業上神將空負賊名僵石郎
且喜隴頭消劍氣叱牛聲裡稻痲長

又 仿王樹枡歠粥歌體

豐家遺基一臠肉誰能得之充飢腹記恩不如畜遇主
何似僕一擧奪戟再擧毀壁僭上天職私會玉帛位擬
神心作賊怨生嘖怒招敵敵者皆被殘嘖者終潛迹春

秋經來正三百無復路傍議順逆玄天幽默豈命之革吁嗟乎膽吹山下古險關敢道地利便老姦

大珠院有眞田幸村墓院主忌日催茶會予亦見招因自削茶杓以贈且題以一偈

糾合義兵固守孤城智比孔明竹帛垂名

九朔驟雨

炎帝振暴威人間久失雨大塊如生瓷燒成將是皷衆怨漸通天雷雲午飛舞萬物忽復甦爽涼改寰宇銀箭躍疾風斜角射篁圃篁搖如丈人大笑捫腹肚其聲撼屋梁與我長嘯詡因思行文奇神會非默語鳥道去無

跡變化豹與虎投翰倚闌干東山霽月吐

感秋

欲起師文叩角絃貴令景象復春姸秋風吹老梧桐外
長夜漫漫不可眠

遠正聲

逢雨便歌今日雨値晴必詠幾時晴五風十雨泥茶飯
三凍四溫拘俗情茶飯到頭訝天意俗情或是契神明
昌黎不出孟郊潛俚語紛紛遠正聲

一華五葉次藍川見似詩韵

碧眼赤鬢西竺仙本來無物別傳禪念兼十世位同佛

化放慈光刧卽賢木馬駈空亂雲夏泥牛吼海怒濤船
東方下種善因果五葉花開兜率天初祖
無復騎牛逐誕仙參來面壁少林禪覓心偏似錢筒鼠
斷臂方成法界賢毀寺燔經是何刧入鄽垂手不維船
枉將無物付三祖教外別傳輝五天二祖
不是儒家不是仙驅將文字鼓眞禪信心不二絶言語
正覺還同空聖賢毀釋北周逢武帝遺銘後世泛慈船
立亡樹下神通力直到如今護佛天三祖
大梅藏迹是何仙四五承來不識禪長養聖胎元利已
護持妙法欲傳賢人無操守六朝士自分摧沈弘誓船

百有餘年初祖後危哉一穗佛燈天四五祖

儋然無字是樵仙一語參經忽會禪葱嶺不慳捨持鉢

碓房誰識有栖賢風幡決議終離俗鏡樹垂慈始棹船

法嗣堂堂超四十宗權敷地又撑天六祖

金丹雖鍊未成仙經錄焚來豈會禪險韻賦詩忻宋哲

平居疎道耻鄒賢有時斗藪非求酒何日波羅不是船

爲諗紀南而立子蕩然無物箇中天自述

壇浦懷古

空令幼帝立龍朝來向浦頭魂欲銷莫是當年寃鬼哭

風狂花碎激春潮

庭中木芙蓉前年一枯死偶有飛子發芽苔石間
而今秋遂花喜作

曾惜芙蓉絕宿根秋來無復賁籬門豈圖莓蘚護飛子
絢爛重開今日園

題自畫初祖圖

喚作達磨誰復信欲充物子未圓成費消萬紙吾毫禿
一片依然狐老精

顏謝

千里元來同月色死爲永訣復奚疑他山之石可磨玉
文士相輕卽是師

熊谷直行公六百年大祭獻賦

邊城殉節敵圍中建武勤王弔此公莫道孤忠天不報
威稜復振紫宸宮

松花堂卽事

善畫善書兼善茶風流終世衲僧家大機道是豐公胤
晦迹山林避毒牙（昭乘一說云秀次公庶子）

步至鳴瀧不訪鬼山而歸

偶入林中穿蔦羅風遮晛晥小禽歌衡門何處逕難辨
幽谷秋深落葉多

嵐峽口占

欲信風光比倫少靜於太古暫怡愉一寒固識吾無算
肯道懸崖茅可誅

明月

風吹碧落浮雲盡中秋良夜期不違儘教老漢思孟德
月明星稀烏鵲飛

十一月十五日擔風先生詩碑成次韵錄奉

仰看石面妙飛絲堪與後生振大疑敦厚溫柔能化俗
高風絕世是吾師

中山七里峽

奇巖壁立髮爲松深澗縈洄水激龍烏柏丹楓秋正好

錦雲百里卷重重

飛驒高山

大廈層樓瑞色多宛然兜率近天河爲說行人毋泥字
流連仙境不飛驒（高山在海拔六百米突地）
綺樓挾水柳千株繫盡銀鞍公子駒別有東山煙雨好
風光如畫小京都

幾歲沈痾歎數奇幸憑靈藥得伸眉奚囊謝屐親風月
探到飛驒秋未遲（飛驒產名木一位煎之可治糖患福田鋤雲曾惠寄）
文字爲媒遇合奇神交十載始聯眉清暉樓上閒敲句
興旺曷妨分手遲（二首錄呈福田鋤雲）

擁爐聽拉地謳

一夜清寒透牕櫺又添爐炭活殘星訝吾飛耳似仙子廣樂妙音千里聽

題丙子家乘後

月日陰晴不遺紀游山翫水筆馳驅傖夫畢竟唯知小事係邦家隻句無

守歲

守歲燈前墨尙磨新春徵逐又如何功名以外糜心力不道山林劇迹多

安井隱居集第二終

（非賣品）

昭和十四年一月三十日印刷
昭和十四年二月十一日發行

著者　近重眞澄

京都市左京區吉田町
京都帝國大學理學部化學教室
編輯兼發行者　近重先生古稀祝賀會
代表　佐々木申二

岐阜市七軒町十二番地
印刷者　河田貞次郎

岐阜市七軒町十一番地
印刷所　西濃印刷株式會社
岐阜支店

安井隱居集

三

安井隱居集第三

目次 自丁丑至戊寅原三百五十首節錄二百五十九首

丁丑一百二十三首原一百九十首

四言　一首　五古　二首　七古　一首

五律　七首　七律　十七首　五絕　十五首　七絕　八十首

戊寅一百三十七首原一百六十首

四言　三首　騷體　一首　五古　二首

七古　二首　五律　六首　七律　七首

五絕　十七首　七絕　九十九首

附錄
文十一篇

安井隱居集第三目次終

安井隱居集第三

京都安井　近重眞澄

丁丑

歲頭

溫公荊公又王莽歲六十八同終身樂天亦憂百病集
吾愚獨得康壽新（白句云六十八衰翁乘衰百病攻）

憶西南役

硝煙曾漲薩肥天戰後復逢丁丑年畢竟南洲以軀教
旭旗紅遍黑龍邊

詠牛

春熱達和戒賢相火龍妙計濟時艱迂吾無分爲雞口
欲尾老聃西過關
莫問愢懦不過得醍醐上味藥功奇齊門曾受大臣飯
孰與桃林飽草時

水仙

一片案頭呈艷姿也同仙子舞衣時黃冠翠袖劈氷出
惜比梅花無好枝

讀大平記

貶流西海日望鄉恩賜御衣餘有香天拜山頭籲寃泣
一聲霹靂震淸涼

文道祖神風月主魂和才漢立常規維時二月二十五
正當忌辰恭奠詩
不道
藐視塵緣室無物唯容茶味與禪那薜苔半歇因裙屐
不道山林劇迹多
天橋遇雪
若非波上拖霓虹定是長橋架碧空深雪曉來松沒影
鏤銀雕玉現蛟宮
二月十二日高知梅邸所見
江南春早已游蜂訝看衡門白雪封半畝栽來梅幾次

橫斜花影未移容

鐵如意

撐天拔地百錬一枝把在吾手春風叢吹

煙雨渡江黃木會課題

扁舟載酒遂初情疇昔宦場慙近名久矣盧公期我在洞庭煙雨截波行

匝行芳草綠蕪間楚尾吳頭不見山散髮如今春載酒滿簑煙雨賃舟還

黃木先生海南巨匠鄉黨親炙可謂多幸獨恨詩碑未建無以不朽盛名耳

黃木先生白雪吟須知字字是千金爲言鄉黨貪觀月
莫失掌中無上琛

高知城上邀飲南國吟社諸公卽賦

七郡風光集兩眸春晴同倚故城樓恍疑渺渺新詩國
一粟身爲萬戶侯

丁丑仲春鄉黨子弟爲余築生祠合祀觀音大士
工事日捗三谷岸頭宛然補陀落也赧然有作

遙然來履板橋霜鑑影琉璃澗水光身世何論劫灰後
生祠新築舊栖傍文章載道韓仍陸寡然移風老與莊
欲以前因問開士補陀石上去焚香

來坐補陀巖壑頭觀音弘誓待慈舟綈袍一片頻憐舊
竹馬當年更感秋白水垂綸漁是侶青山歸老鹿成儔
看經課外喫茶去好事或爲休叟囚堂傍築茶室稱撈月庵

詣椿寺天野屋利兵衞墓

士而趨利志何貧商賈尙扶甞膽臣雪夜斫營四十七
功勳一半屬伊人

五色花開一老椿飛來片片地鋪茵此花曾入豐公賞
賁得寺園今尙新

遲春

板橋竟不履氷霜冬暖如斯亦異常縱使老人氣焦燥

爐邊無復遲春陽
頌空卽是色
從來我作野干鳴無力何能致太平天地依然兩儀錯
愁看百鬼日中行
玲竹軒老師昭和七年以來講碧巖錄于土佐護
國會當時余客種崎來參初講今年歸高因復隨
喜則第百則也頗感因緣賦贈博粲
碧巖百則舌頭操殺活自由同寶刀喜我天涯法緣厚
參從不識至吹毛
一德會創立三十年刊行月誌余宰其詩欄

訓言悉是範前賢易俗移風三十年莫道兎園本無効
孝兒節婦出烝然

芳野花信

空音昨報芳山美塡壑壓峰花似霞絕景固宜一緘口
阿誰載筆欲驅車

皓堂賦寄紀元節陪筵作次韻答謝

自解冠纓已七年風姿漸慣隱居然不曾迴向御溝水
豈有終窮逸鶻天杜筆欲參嘔心句葛爐未斷鍊鉛煙
聽如隔世人間語仔細報來賓服筵

春日閒居

晴光發砥玉蘭門敢道郊居擅化恩老耳猶聰時夜應
吟情又旺艷陽根好名同色憫身刻就利如甘戒智昏
爲是偏嫌人事擾客來唯許問寒暄

寄洛南松濤上人

胸裏常藏駘蕩春溫容不改與花新城南舊苑幾來往
法交締得住持人

葵祭

王朝華麗陸離開勅使牛車出鳳臺錦帶珠袍擁前後
丹墀閟處致誠囘

端午

雲程何識重攀援蓬矢不酬違輕軒縑鯉高懸端午節

誰家子得上龍門

過櫻井驛址

長袖論兵事失宜武臣祇合赴艱危死生異選欽深慮

來謁双楠訣別碑

暮春書懷

造化爲工天地爐眼前發育是新蕪箇中一例薰蕕在

春景看來亦大夫

縱令顯晦附烘爐未免心形引穢蕪請看首陽春燒後

蕨薇依舊奉逃夫

蘿蔔

根大膳羞牙觸柔黃花發處爽吟眸天工妙用眞無限
種子供來是美油

賦贈荒木樞密顧問官

曾浴德風官學時啓蒙偏賴友兼師醫能療國推高手
道以率徒欽宿耆一代行藏多逸俗當機吐囑儘摛奇
報君健我今除藥課讀近來耽白詩

說文

怦爲心急乃非平忡亦異忠縱別橫水白月西意如轉
莫將溫雅視長鯨

岸野君新獲博士號

雪案螢窓今正酬嶄然頭角拔群流任教闕內廣而潤

進馬軍門意氣遒

讀尙白齋集用卷頭詩韻

詩卷繙來比夏晴南薰適意掠顏行祇林一例少文藻

尙白先生獨擬英

六月十日時之紀念日

青春幾許玉顏凋一例隙駒啼嗷驕過現未來空算劫

恨令混敦費劖雕

問道夏天登寶坊蒲牢報午叫林蒼無端憶到千年昔

圖治肝宵宮漏長

又

警笛午天聞使吾新記憶千二百年前天子敎漏刻

梅癡過七十作詩歎井蛙次韵劫呈

不用老翁歎井蛙縱令努力復奚加誰云身後重勳業
須記現前元幻華生自武權遇文政行從地角至天涯
醉敲瓦缶皡如睡臏得西山落日斜

湖畔蕃山堂卽事

百年似駒隙一例葬明賢帆影遲兼速樹光醜又妍佚
門治績擧戲曲艶名傳夐別堂前路菁莪宜莫蠲

東嶺和尙心經註講了

三藐三歸般若中聲聞緣覺一時空眞如法界本無礙
莫恠痴人費說通

偶占

松籟淸琴瑟坐間一物無顯微天蕩蕩得失世區區未
解追流浴生來泥故吾就蜜笑痴蟻石上晚暉愉
蕩蕩斜陽下杖藜何所之乘閒時後素問道儘親緇養
氣雲頻動守愚山未移頽齡無省發推敲似詩痴
妙語聞須子自扶天乃扶途窮何借卜心燥不呼雩史
跡慕才俊梵園參性無阿蒙比吳下磨蟻奈迂吾

丁丑六月偶書

扶私弄公器憑勢利通家素位曾無耻錦衣徒爾誇浮華忽萎靡浪蕋亦蹉過蛾是自投火鵜非使溺鴉塞外蠻夷爪門前豺虎牙盍提百鍊剛直斷紛披厤台閣幾更代蒼生仍苦瘥金甌倩誰護怕或失精華

次熊澤蕃山韵書問悝軒

抱此形骸道不眞聖經空說義兼仁競生愛命修羅世十字街頭捲劫塵

次蕃山題畫作韵 其作後半云看他濟川者知是此中人

避名須閉戶莫赴楚江濱攀援竟無益可笑濟川人

上彦根城俯瞰太湖作

林邱迤白堞不識息霜狐群嶽圍如障百川注作湖干戈傳赤鬼樽俎出誠夫誰踞古城上凝眸攬版圖

又

沆瀣太湖上城樓瞰舊封有時風捲浪或恐駭潛龍

謝人贈笋

苞苴拜賜是龍孫柔似凝脂白似瞽爲囑主人滋味外待伸成竹奉慈尊

賦寄鬼山

晨出晡歸一老仙相從有鶴獨知年憑君欲信山中好

松下茯苓巖下鉛
日日遊行似是仙晩歸往往脚蹁躚定知山隱嘉淸世
須藥城中不覔錢

寄似梅翁

鏡象無痕迹風流譌契眞振衣仙嶽頂載筆野山春冷
眼對崐玉肯心向麴塵星巖去而後岐陽有若人

聞黑本稼堂訃

淡如交道素忘年同在五高同在洛相見少言相別思
痛嘆勝事空歸昨

偶占

避名謝世養生頻病去痛除精又神一事堪悲時獨去
金丹不返黑頭春

閒庭拔草

拔草侵清曉露珠衣袂匀一庭無垢處心與大昕新

下保津峽

梅雨歇時新漲到一聲欸乃長年諳雲横峽口流疑塞
樹覆巖頭翠欲含峭岸如燃憐躑躅條天不惑指東南
奇觀盡處初抛棹沽醉江干賣酒庵

又

扁舟下峽疾如飛夏雨方收水自肥莫是當年望帝淚

兩崖躑躅染成緋

田家聞蛙

來訪村廛雨欲晴巷間地藏卜和平前田閣閣起蛙吹
聽做千僧供養聲

揷秧半了水田平且宿農家養逸情畢竟無心不爲忤
宵宵枕上伴蛙鳴

荳棚納涼

薄暮澆庭荳棚下移牀躶臥算銀河方知俚諺不欺我
生作男兒天寵多

讀神皇正統記

雖然握柄蔑皇家臨下至公天且嘉歎息建元中興日
百端稗政使民嗟 論政道
閫外將軍屢失機中興鴻業到頭非爲憐殉難空塡壑
不解越南姦賊圍 左中將
已背北條仍背君道心喪失不如犢宜哉骨肉頻相搏
孰與南臣和氣薰 逆賊
救世濟民王者仁如何殘忍冒神人一枝凜烈春秋筆
不爲權家敢笑顰 斥惡王
天皇一系統蜻州神器長傳貴嫡流感歎邊城艱苦際
揮將直筆護金甌

新木蘭行

曾聞可汗發書大點兵軍帖卷卷有爺名木蘭男裝奮應召市馬買鞭替爺征歎息五洲近年頻瀆武邊疆擾擾驅豺虎防空之事不可寬管制令下民閉戶坊間警備嚴加嚴且要家人悉刺股可憐我老垂七十強見徵發役蹇羸脚力不全隻眼瞎危步宛似棧道過自分殘軀塡溝壑生在皇國感恩多感恩多兮遭聖代縱雖廢人寧不竭奉行祖宗忠孝教事君愛親豈輕忽應有女郎欺英雄外敵勢過古突厥

驟雨催涼

日午炎蒸不可當通身汗出扇操忙忽聽雷擊一天黑

驟雨欲來風滿堂

廻舞風中雨亂絲作煙作霧入窓吹放身横臥繩牀上

如水爽涼消暑時

題自畫初祖

莽莽蓄于思眈眈張怒目形成神未完卅歲吾毫禿

題某氏詩集

詩關于學始堪嘉神韻性靈非所差切忌過逢凡物語

當斯大暑剩煩加

從軍行

行役男兒事長驅衝函關秦政眞無道陳吳無後前驕者豈能久仗義茲控弦委蛇長城內陵谷滿旌旗活機中堅動密令前衛傳忠勇思玉碎生平耻瓦全奮投虎狼窟冷視荼毘煙痛哉干戈事侮日幾歲連數行悲憤淚凝作征戍篇闕月傾西嶺秋風吹胡天

從軍行

楡塞風雲捲未收也抛耒耜換華騮哨兵夜報敵奇襲炒豆銃聲生戍樓

烽火又揚函谷關不殲醜虜豈生還胡沙撲面秋風夕憐看前峰月似彎

抗日自強計何醜鉛刀手彈才屠狗王師向處草披風
燕趙絕無擊刁斗

日本刀

劍氣垂芒星斗高欄頭決眥野雲濤蘆茄吹月秋生地
鐵馬騰風沙捲旆正義秉規神是鑑欺瞞成性獸其曹
膺懲不遑非無物三尺腰間日本刀

詠史

挾弓結髮婦人身百濟新羅忽歸手猿面假逢應慴伏
扶桑第一是神后
神功以後見猿郎試武西方事半成愚氏移山終有驗

旭旗今颺秣陵城
千里海垠收我手騰騰威武捲風雲當時若有松公在
早已平吳胡蝶軍
匹夫之勇羞股下枉奮螂斧防隆車不啻自戕還破國
抗日末路令人嗟
四百餘州席卷盡鐵木眞不獨擅場我皇振武無他意
只要劉季布三章

曝書

五千書卷曝秋陽漢佛英和粲有光不恠六分似生面
讀繙迹故少年場

瓶挿秋卉

窓外未看一桐飛殘炎欺夏火雲烘牀間挿得胡枝子
秋動青銅破卣中

偶書

曾上龍峰犯毒牙歸來笑道是空花河清海晏未無事
一片曠懷磨莫耶

秋夜讀書

一系皇家輝萬邦扶桑國體是無雙和平任重東方鎭
濟度願高王者艘精火點山秋已動金風挾雨暑初降
可令外寇侵邊境讀史感深殘夜窓

閒居

白首退藏禪悅餘西山落日小閒居將躋七十古稀壽
仍讀五千無用書把放失機竟凡物餌鈎殊遇宛游魚
欲除擾擾浮生事上策祇應在澹如

一張琴又一壺酒靜境結來門是柴雅俗聲交電波樂
官私情隔水田蛙文明騷騷躋瀛海武備滔滔及砌階
頻聽爆音破閒夢何來飛艇與鳶偕

伯耆大山

幽壑猶藏太古氷茅鞋又上白雲層荒萊沒脛三叉路
老樹借枝千尺藤寂了山中鳴怪鳥占將洞裏睡禪僧

覺來相見嗒焉笑影苦前峰月半稜

避暑

居然舊國欝松杉地占形勝自不凡古刹據山奉靈佛
回波洗岸露巉巖無絃琴發披硝障萬里雲飛杳布帆
避暑羇亭拚槃礴和歌浦上又蕉衫

昔遊

殘炎未退捲氛埃人坐釜中吁苦哉記得密林幽石路
源泉觱沸噴涼來

庭中芙蓉每年殆以同日開花

殘炎猶旺仰天嗟甕牖坐雌思有邪恠訝芙蓉何所識

秋登曆日便開花

雷雨

雷雨午天爲虐過幾人震死甚於戈今宵頓覺蒲團薄
涼動洛郊秋已多

芭蕉翁

蛙兒投水悟無縫十七字詩開一宗棄祿辭官主風雅
汗漫又倚法師笻

秋日遊南都

繁華如夢景光違秋入南都霧雨霏落木蕭條故宮外
呦呦呼伴鹿鳴微

廢墟步月

來步荒墟又涕沱紅羊劫夜不堪歌寒蛩以外無人籟
折戟堆前月影多

刊七律三十韻書後

律詩三十刊來新稚氣未除言未眞但喜天行千日後
平頭亦伍古稀人

妙心寺大法院八景

仁和寺塔

凭檻敏吟眸西天青嶂合淸霜凋茂林露出仁和塔

雙丘青松

雙邱當面峙嫵媚好儀容旦暮雲煙宿葱葱千樹松

民舍炊煙

晨鐘仍暮鼓戒定棹慈船所願在農稔喜看民舍煙

五智晚鐘

林深大雄殿振起祖師宗誰破無明闇殷殷五智鐘

梅里樵婦

樸淳傳古風生計勞纖手頭戴束薪來賣花艶樵婦

隴頭農夫

秦氏嘗歸化洛西皋壤腴于今產蔬米稼穡賴農夫

長泉寺釭

定慧如雙翼日推坐禪窓長思兼好筆指點長泉釭

愛宕暮雪

春寒煙霧開氣象壺天別松翠宛如描銀屏愛山雪

大法院八景試排之八句

長泉矼火照無明一杵鐘聲認化城嶽雪如紈暮春冷

郊煙似縷晚秋成賣花樵婦從梅里秉炬農夫向帝京

突兀拔林光塔外前山松翠入窓清

大法院茶室

朽楹交廢竹巧匠勝華奢左右松濤起老僧閒點茶

詣象山墓

西學審時宜所論主開國一朝兇刃飛片石蒼苔蝕

杜康

金刀一閃卽治曹鴆羽回生半杓中妙用同功杜康在
卯杯教我百憂空

土佐遊橫波三里（灣名在宇佐鄉面太平洋而開口橫折隔山屏而西長過三邦里巾則僅僅數町耳宛作河川觀近有養殖眞珠貝者頗舉成績云）

橫波三里景何殊注似江河湛似湖麗水元知富天惠
產來顆顆是眞珠

訪雨山翁不遇二年以來常爾

應是青山採藥行老來何處得長生守門唯有童兒在

二歲不聞夫子聲

早起聞雁語

忍言西土驅兵車同種同文本所於曉起欲聞北歸雁
或攜遠客寄家書

次豹軒晚秋作聞博士以明春致仕

卅歲成均下絳帷溫柔敎願俗風移何須居洛倣胡馬
曾是遊歐戀越枝一味道腴具衣鉢八叉才藻共文詩
葆身好作歸休計尙及提撕力未衰
盡夜江頭月帶虹雅懷寧遜米家翁磨人無分麝煤力
益世須依鼠尾功錦繡上機秋悟色氷霜作骨句忘工

他年如有曲園在應采雍雍樂社風

標榜吉田時計臺欽君其下育人材詩關風氣非閒事
茶養道心須侑杯優渥天恩賜骸骨健康身體異駑駘
歸休明日北山路雪後梅花競郁來

燈火管制下作

空襲好來防備成闔都無復駭風聲管燈如豆靜耽句
遙夜山中獨有情

炙硯

鬢霜難奈鏡光殊多事半生形欲枯炙硯又成沈痛語
寒燈守夜病凡夫

夜聞落葉

欲把長歌拂隱憂百年偏似水東流空齋一夜守燈火
落葉敲窓不耐秋

旅次對雪

複子朝來挂兩肩雪埋行路欲難前無端上臆東遊記
十里氷封手取川

退筆

亦是忠臣謝羽翰風花爲我用功殫憐他臨老餘頭黑
不似主人霜鬢寒

除夜 此夜電波傳H滿鮮支台各地禪寺鐘聲又余新朝喫福茶每年以爲例

丁丑看今盡鐘聲傳電波辛盤迎新設哀調送窮歌上
水斟殘釜素梅照樂窩福茶重嘉例先寐待春和

戊寅

宸題神苑朝

朝陽出東海光照玉芙蓉此是神仙宅光華繪虎龍

詣伊勢

絕無人籟屐聲疎恍訝斯身步大虛檜柏拱圍抽似劍
曉煙淸處是神除

新年到故山

甚矣功名誤此生廿年始聽故園鶯同胞相見笑圍席

七日不休椒酒觥

題畫虎

負嵎七尺起雄姿一嘯風生草木披別有假威野狐外

張公謙德撤皐比

雪中聞鶯

一任檐前挂網蛛苦寒連日只凭梧金衣時報春光動

不厭雪封梅蕾癯

嘲賣藥翁有感時事而作

驚歎扁鵲技通神肘後靈方能救人却是老猿一朝失

黃金不保桂攀身

壞空成住轉如丸如是我聞心膽寒漢武悠悠秦政邈
庸醫依舊錬金丹

黃木翁詩碑成喜賦

高如雲鶴清如水一代才人百代詞浩蕩煙波無限好
桂濱此處樹豐碑

發高知途次邀飲象雲老雅於琴平花壇

爽塏放冬霽佳觀林外開水明一川近山紫四州該不
遜京華勝還逢賴氏才劇談終剪燭浩浩倚琴臺

梨木神社次愛山韻

宏宏神域滿眸清父子藎忠天賜榮感憤賦詩愛山老

欲攀高韻我頭傾

聞春雷三首節錄

園池凍結已連晨握管窓前不免龜今日老顏生喜色

一聲天笑報陽春

賣花

夜來吹暖蕭蕭雨天曉含煙柳影稠門巷呼過紅杏錦

春酣樵婦竹籠頭

遊龍安寺

竹筧泉聲動方知生意加半間牀上畫尺八柱頭花萬

法元無相殘軀只托茶禪房坐春晚閒適似吾家

湖樓曉起

春水溶溶去雪山和浪搖湖樓倚天曉妙景不堪描

近狀

絕無人到鎖柴門春近幽林禽語喧午鼎松風茶有味

深池筧滴雪爲源佛耶雖似何非異孔墨殊途各自尊

衰老忻吾親卷帙堪忘湯藥與匏罇

口占

山中不見僧林下亦無客獨我守窮居餘師涉群藉

春寒

柳芽欲發又躊躇寒冽復生春到初飛雪吹巾鴨東路

輪車替得鄭家驢

三月十五夜電波傳德墺合邦式況

合邦式語電波傳必拉雄姿現眼前一事唯希幸民族

絕無私慾化齊天

謝僧乞捐資

我豈擬寒山無施饕佛飯欲乘弘誓船日暮又途遠

雨中觀桃

不見紅塵颺陌陲朝來春雨細如絲桃林得意駐車處

莫和玄都觀裏詩

花下步月節一

長堤十里趁春趨雲翳淡邊懸月弧秉燭夜游事堪及
不期明日有花無

梅花四首

恐將庸劣瀆神物容易不裁梅月詩繹蕸探葩抵香雪
玲瓏一色曉寒時

氷霜削作玉珊珊聞到奇香骨欲寒覓句偏期清似鶴
不教脂粉上毫端

梅花千樹白雲鄉微聽溪流韻似璜月出或疑腋生羽
瑤臺吹徧美人香

欲賦梅花一擲翰貌形未易貌神難須除煙火嚼氷雪

或得淸香迸肺肝

降誕會

指天指地儘周行唯我獨尊聊此生香湯灌來二千載

法光徧照在寰瀛

題馬圖

華山春回水足草足一樣解覊維鶩維騄

三月念三雨

朝來催暖雨如膏山野看看長土毛旬後應逢嵐峽夕

花吹香雪壓詩艘

青峨老師巡錫戰地而歸

人間萬事易相剋不恠至仁流血來珍重烏藤發威力
邊城隨處挽春回

洛中櫻花

日午騰騰去路賖蒿萊盡處忽繁華雲光霞彩萬千變
明朗乾坤一樹花
喜看春色入京華白舞紅翻競忲奢何術移栽邊塞上
欲令將卒醉櫻花
滿城看陷絳霞圍花片如丸亂撲衣欲向酒家何處是
嵐山一角颺青旂
殊喜近來雙脚健洛中處處逐花行六年病後足瞪目

新樹加繁老尙榮

須磨寺觀櫻

樹下嬉春醉叫號釵光帽影簇西皐眼前髣髴源平戰

絢爛櫻花似錦袍

投宿兵庫曹洞宗般若林

自下曹溪四十秋同塵未卸負薪裘無端復問舊時路

頓覺淸風繞脚頭

赤穗

播州赤穗訪遺城曾誦忠臣卌七名跬步街頭移不得

敗墻殘礎亦光明城中

石壁削成般若臺箇中應是雨花堆潮音澎湃出金口
彷彿三山當面開 御崎

居然風骨會逋仙這裏唯應屏火煙話到花神魂欲斷
模糊淡月紙窓前 訪向陽

北村三郎少佐客秋以部隊長從軍中支今春無
事凱旋少佐善茶事已列宗匠位云

一朝投筅赴戎軒百戰功成返故村利叟風流後蹤在
定知秋竹剪淇園

春光院孤山和尚七周忌

豈唯己事徹幽玄彩筆操來亦忘筌白玉樓中合含笑

故人今日展遺篇

讀史書感

耽理亡國古羅人別有貪夫錢換身科學滔滔瀆造化
猛毒不戒嗜似蔗誰放木鳶窺宋城可憐墨功三年成
元知至仁善流血神武不殺便剿絶莫使痴人孱夜塘
國失厥德有何强

次韻杉野僊山周甲作僊山時新移居北郊

華顚心境洒然新比潔梅花不著塵金閣寺邊移燕几
筆精儘寫四時春

次韻僊山新居自述作

至仁善流血苟且莫尋盟漢水大魚釣吳天飛鳥驚墨
縑如雨濕彤管似風行幾卷補青史砲煙畫裏生
吾老欲何去齒殘又頂童春過情寂寂夏到氣蟲蟲爲
問神仙術還追處士風新居光景別玄諦在壺中
杯酒澆邱壑丹青儘逸情前庭幽石峙後崦白雲生藻
思兼泉湧忠肝一鏡明不疑劈箋手又耐小鮮烹

洗面絕句

盥湯朝朝洗垢來乃將止水擬秦臺內心未滅夜叉焰
安得菩提童面開
朝朝來鑑水之涯洗面不厭釐鬂華羨殺許由遂淸節

居然鈍物我何能

四問

裁詩問客來不惜勞郢運難免性情殊佛頭時被糞

裁詩問客來評語何辛辣曾無三日聾不比馬祖喝

裁詩問客來一擲同弊履措辭便吹毛却忘繹微旨

裁詩問客來庶幾分妍醜妍醜鏡易欺不如自除垢

論詩

選詩首首分朝代機杼競新唐宋家可惜葫蘆畫依様

元明清後絕無華

詩元技巧不傷僞或欝或華唯貴新欲比畫師揮彩管

文描蕩婦質賢人
一生心血盡于茲不問兩間知者誰氣魄暴陵辭發越
俗人猶解未爲詩放翁語

法雲院烏丸光廣卿三百回忌和歌題曰藤似雲
因賦奠
能賦能書光廣卿忌辰三百鞠躬迎紫雲深處拜神位
一架藤花想錦榮

岡崎別院雅集邀擔風翁席上作
晴日薰風請客來寺庭泉石長蒼苔不如蝸篆有眞趣
蕉葉題詩抵掌咍

喜聽丁東檐角音風窓邀得故苔岑洛南新焙助神氣
松翠榴紅語鑄金

題蝸牛圖

負殼悠悠于往于還無機無栝誰說觸蠻

龍泉庵拾雲老師來過見庭中蒿萊笑曰燈籠幹
沒纔留頂因補足得七律

翻綠爐頭小竹匙松風香篆點茶時燈籠幹沒才留頂
躑躅花殘恣長枝地僻偏憐草堂靜身安曷訴大烹虧
不嫌反覆討深義坐右一編山谷詩

清曉行散

何寺殷殷送曉鐘東天欲白彩雲重林間已著鳴禽聒
却是無人宜著笻

龍安寺初夏卽目

輕裘披得雨餘行貪看夏天風物清最是雲山新樹外
石榴花灼一庭明

鴨長明

蝸牛負殼擬金城竹翠蕉靑了一生衣鉢襲來方丈子
洛中南北載廬行

觀東福寺法堂前年予過落於飛檐一死而復甦
慨然有作

八歲重來東福寺死而復起憶前鄭法堂突兀聳雲際
不是飛禽曷得攀

蓬嶺畫史一生唯寫筑波山是以筆致老熟山容
靈動頃予獲一本喜甚因題

江城一自別孱顏四十年華去等閒憑仗丹青識無恙
雙尖馬耳筑波山

延賞臺雅集分字得日

紺園雅會逢晴日短褐方袍同載筆檐峙雀兒求侶攀
水清杜若帶花出論聲何管宋將唐措語仍迷文與質
不啻三人足我師暮陽已近又前膝

橋本五松應召戰死于台兒莊賦弔

送別閭門彼一時忽聞殉節粟生肌鍾情最是背囊裏
壯烈留來絕命詩

朞年鄰國構寃讎義勇奉公方此秋欽汝台兒莊下戰
鴻毛輕命殉皇猷

入梅復寒

梅雨回寒銀箭飛欲防疾染襲綿衣更忻庭樹被霑濕
掩却書房綠作圍

雨窓得青字

行潦幾條分渭涇梅天奇趣在池庭墊巾不厭閒移屐

七實漸黃苔逕青

苦熱理髮

乍雨乍晴天欝蒸霖中遣悶復誰能欲從剃匠薙蓬髮
簾想明珠鏡想冰

譙蚊詩

隔斷清風掩却明張厨防觜夜擔荊安居歲歲唯冬夏
空被蚊奴一半傾
微物唯應甘吸噓噆膚饜血竟何如知仁勇是人間德
盡得良能化里閭
生血貪來汝何者飛行自在便逃誅例乘昏黑肯爲虐

文虺之名不復誣

雨窓分字得小

梅天清味偏宜曉疎密雨絲挂林杪未著前田耕作人
已來叢竹和鳴鳥藏鋒刻字柱聯低活火煎茶香篆裊
苔砌無塵檐滴幽心寬便忘蝸廬小

梅雨遣悶

梅雨閉居似投獄眼前弄景有餘樂蝦蟆坐石狀何奇
猶是渾敦未經鑿

七月七日支那事變一周年

皇師向處草披風禹域半歸號令中東亞和平始于此

蘆溝一彈是奇功

淫雨

淫雨滿房黴欝蒸如坐甑天盍放轟雷一擧陰晴定

浸水

三日三夜雨覆盆無山無川濁波翻小齋不異池中立
妨碍流通有短垣
谿流決潰襲村莊沈似潛魚浮似航雨虐唯希卽時歇
天公莫負萬夫望

斷梅

前夕轟雷驟雨過斷梅今日爽涼多放窓撤障除黴濕

七字成來得意哦

大暑

水銀百度近年魁草木狂炎焦欲摧却是氛圍不含濕
午天清暑適身來

清淨華院樂集次檜谷韵

習習吹來下午風不留長物十方空此際僧房無盛夏
涼溢綠陰蟬語中

觀煙火

嵐山煙火彩秋宵挂似湘簾縮似條誰識天工顯於隱
搔沙床下採芒硝

追憶甲斐庄學士學士夙經營香料會社
秉耒南歐服役勞致知格物也才髦歸來大築蒲田廠
聲譽馨香擧得高

南昌空襲

列子御風邈無稽木鳶窺宋久絕蹤人間知巧進不止
三十年來機制空鵬翼擊水九萬里天上容奸行可尾
悲慘近有世界戰德機反覆脅英市航空技術乃東來
操縱誇我出藍才海陸無數養猛鷲垂天之翼壓九垓
風雨長驅淩滄海一擧爆城城容改關山萬重如訪鄰
巴蜀雲南何所在南昌空爆尋常飯是日更見機軸新

燒格納庫毀飛艇敵中著陸不顧身悠悠濶步無人境
射擊四方膽輪困敵兵茫然無所爲袖手卷舌駭作神
神州由來尙勇武至仁之德列聖承泰山不重君恩重
志氣凛然肅霜氷君不見陽氣發處金石透百萬將士
盡忠勇四百餘州氣已呑醜賊授元不回踵

又絶句

突如神將降於天直棄羽翰頑敵前手執寶刀薙同草
南昌一擧是鞭先

次韻桂堂病中漫吟韻

雲箋不奈近來稀春後知君鎖病扉敷鐵當年巖角鑿

遊山今日夢魂飛浮生入悟心偏靜老境攄情語最微
爲問賣翁平仄論是非紛起欲何歸

如是我聞

神明在上照邪正無所欺雖則無所欺爬羅不必爲神明若殘忍孰得免罘罳斷與司直異靄靄湛慈悲芻狗視萬物冷然而無私乃使踏地者亦能有所綏所綏非別途號泣又長噫鑊湯無冷處歸家穩坐時是謂無爲法何物能尙之與以口舌爭不如退三思

名苑

如虎負嵎如鹿踦石非必大按排奇洛中名苑今何限

惟有龍安推白眉

颱風來

筑海狂濤虜舶摧神明加護拂妖災此間不管弘安事

偏喜颱風驅暑來

新城博士逝

豈有金丹駐赭顏名場盍早避榮班青山又瘞英雄骨

瘴厲傷身不免訕

忠婢詩 幷序

忠婢名石濱岡氏生於鞆邑農家幼喪母十七嫁未

幾夫亡守志不嫁十八出仕神村氏數歲喪父一歸

家而復來會主家產衰欲令石女歸石女不肯隨移竹原恪勤精勵扶圖興復神村氏有女納夫擧一子而夫去神村氏困憊獲病臨終託石女以後事石女泣諾一心奉遺業拮据經營備嘗困苦凡二十年遂成宿志得以安孤寡自初仕至此正算四十又三年可謂篤行矣事聞官賜以綠綬褒章明治二十一年十一月十七日歿距生文政十一年享年六十一葬于竹原西方寺係以詩曰

一飯不忘兮其行敦克安孤寡兮再興門毅然不轉兮心匪石石則厥名兮德玉溫

生日

四百十餘重甲子長生久視我何仙人間嘗盡甘酸外無味更參銅佛前

努力朝朝洗面來將重二萬六千回不知此水何奇特禿盡頭邊白盡顋

忠僕詩 并序

忠僕名重兵衛吉井氏安藝竹原人嘉永二年齡十八出仕里正酒造竹鶴氏爾來經六代主補佐得宜業運彌振而持身嚴正出納無私官嘉其篤行賜以綠綬褒章云大正二年以齡八十二歿詩曰

歷仕六代幾遇幼主能揚家聲不厭艱苦毫釐不私其道也古是此忠僕誼同師父齡八十二安歸冥府須謀不朽速鑄銅柱

題龍邱開善寺（寺在天龍峽畔）雄山老師語錄

穩坐龍邱二十年呼雲施雨舉眞禪字如春水流無礙語似寒山曲盡玄（老師善草字）

颱風去

無復片雲頭上懸大空如拭默而玄胸留芥帶我何及望遠颱風過後天

題畫

應身三十二歸著一悲心暮念仍朝念南無觀世音

市出穴熊并引

戊寅九月八有穴熊白日徘徊門前壯士捕獲納之動物園蓋山中乏食過出其窟者幸哉其非三虎也

小隱不圖成大隱市名强冠舊山村深林大澤依然在笑有穴熊來候門穴熊者本邦特產今瀕斷種云

木芙蓉

秋園發彩木芙蓉帶露含煙風作容寫上素縑自何始天衣無縫不留蹤

秋雨思歸

卌歲京居喜有鄰藏書千卷不知貧無端想起香魚美
秋雨今宵客恨新

京之四季

灌沐瞿曇薦藥湯花前祈福便仙鄉飛鴻明月坐銀閣
紅葉白雲登講堂鞍馬猶流凊媛汗翻車欲趁澱沂涼
雪中應有利休叟爐火燒來沈水香

歸舟曉起

曉下船過土佐灣旭光浮動水天間前方曳白雲如雪
橫斷四州千里山

佐川青源寺

鷹城西去小京都四面青山護勝區最是幽閒可人處
泉聲苔氣滿浮圖

讀日清戰紀拗體

旗艦鎮遠在先頭百隻艨艟如舞蚪軍門伊東運奇策
一擧擊滅千秋仇
海衞旅順扼灣口道是百二北京守一會皇軍支不得
主將先逃卒亦走

題秋山行旅圖

一路秋風曙色時蕭條匹馬立山崎毫端欲寫嚴霜意
不是觀楓客步遲

末流二首

新派俳詩不雅馴子規逝後長荊榛漫言天保無才調

不識溫敦出性眞

漫承師說排先哲兒輩紛紛豈辨瑜見所過師有傳授

子規歿後子規無

無題

嫌生厭硬語難奇避熟斥烹詞不夷妥帖之中力排奡

古今唯有孟郊詩

剽竊爲工模擬才僞詩作俑是徂徠莫嫌生硬莫求妥

思發乎衷語乃瑰

武漢陷落

一拳拳倒黃鶴樓將士氣呑四百州應有巴峽猿聲裡
妙詞壓倒李白叟

書懷

書去弔詞情不耐今年存歿與前殊數超二十悉親友
況又保齡多遜吾

次佐佐木總一博士退官作韵

乾坤唯有道軒冕脫來輕筆管長教衆欽君善遂生

暮秋

曉起正知霜氣嚴紛紛木葉撲虛檐鉛華刋盡纔存骨

愛看乾坤就至廉

題石假山爲犇山囑分韵得庚

二華嶷然石自成欲攀樵徑嘯空清中間一道通河曲
髣聽淙淙日夜聲

提燈行列

萬口齊倡行進曲旗流燈海繞宮垣徐州已陷漢陽潰
赤子純情戴聖恩

贈人蕈子添詩

秋入松林風露清探來香蕈並頭平一包遥寄城中客
任汝作蒸還作羹

聽拉地謳新歌曲書感

肅肅雍雍皇國音被之絲管最幽深窄寛逸度追西譜

背反民風止誨淫

音韵譎訛義不明語模蠻貊是何情粉顏油髮男如女

瀰漫人間鴂舌聲

衰柳

瘦枝亂舞叫西風昨日繁華一掃空天地也知謙益意

春嬌方就退藏中

秋雨

秋雨齋頭晤筆耕晝揭桀久休杖黎課無復野天淸

暮秋卽事

露霜侵草寂林閭秋晚蕭條景趣疎落葉埋門晝無客
短檠抽架夜耽書百年過底忘功罪一念起頭同實虛
薄暮遠鐘想棋敵又尋方外出茅廬

十一月念樂集於大龍院院有湖山小野先生墓

同人又爲帚苔

蕭寺苔深片石留高蹤宛似樂天流聯笻此日弔先哲
霜染紅於楓葉秋

謝人惠菊

性癖疎慵不秉鎌後園秋卉少穠纖一枝偏喜鄰人賜

黃菊在瓶茶味甜

負暄

楂花秋老放晴來村屋無鄰鳥舞回捫虱南軒非我事
負暄儘任睡魔催

次沈秋明見似偶吟四首韵

余亦忘名利終年事退藏南窓負暄坐無語意何長
爐畔招風月喫茶結勝緣寂清殊可喜世事一恬然
枯禪聊自得五位暗兼明觀到本然性眉毛眼上橫
老來一無事聊此樂餘生黠鼠已逃竄泰山不復鳴

徂歲

自今不借虎兕威假面嚇人嗤昨非月後吾還開七秩
天眞應抵野干飛

樂社餞年小集

餞歲紫明閣鬪詩金石鳴堪思潞公會座上幾耆英

賦得己卯宸題朝陽映島

海路遙從美國還今朝帆席近鄉關長年笑指紅暾麗
光射扶桑第一山
民族烝烝五大洲新年各自順嘉猷唯餘一事絕無比
初日先輝島帝州

全癈賀信書感

故舊尋常費相思今年還不問平安西方戰禍令人戒
雖近新正詎可讙

近況次石川丈山竹逕晚眺韵

九年安退藏蔬筍甘如肉老脚畏嶔巇緩筇就平麓澄
心林鳥聲悅眼農夫屋無價貴江湖靜觀尊是獨

除夕

九載退藏兼世負山中時乏是芳醇唯餘一事耀眉目
我亦明朝七十人

戊寅日乘二十三韵

歲星移戊寅天地復新正家眷咸康健外戚亦和親孟

春赴桑梓生祠竣造營千指會鄉黨相與喜長生況又梅花早奇香屋內盈四月詣兵庫禪林結法盟偶想元祿事吟杖進赤城街頭多遺跡步步仰光明七月天失和沛然大雨臻水害最關東次之卽攝津京師亦化沼隨處鷗鷺馴九月再歸國村舍親蟲鳴又放鏡水舫舊磯垂釣綸廿年費夢思今日得遂成仲冬幹樂集運水又搬薪詩酒徵逐外帚苕弔醉民（小野湖山醉民墓在大龍院）歲晚戰未息何日抵克平大別曩失守武漢亦隤傾連捷雖可矜豈不懷民辛憾我已老矣眼中阿誰人要見殲頑敵全支弭旭旗戊寅日乘是平凡無殊珍唯期不踰矩七

十躋明晨

安井隱居集第三 終

安井隱居集第三附錄 文

京都安井　近重眞澄

大和舊蹟巡遊記

近者探匣底偶獲此文實係余齡十五歲所草筆路晦澁雖不足觀然至旅行顚末則細大不遺五十餘年後而猶覺可徵信矣乃少加改竄淨寫以存且題一詩曰幾訪芳山幾寧樂最深印象是童時燈前重削巡遊記半世紀來多鬓絲昭和十三年戊寅正月初三六十九叟物安序

明治十七年甲申家君游宦在大阪八月休沐將探大

和史蹟余以其前年出鄉來侍膝下因得陪勝遊焉
八月二十一日腕車發家經龍田法隆寺郡山晚抵寧
樂各地探勝頗掬古香但如其勝槩世皆已知之故不
復贅此夜泊印判屋
二十二日抵三輪憩茶店謁畝傍陵卻回泊茶店聞昔
聲妓梅川與忠兵衞者狎怩犯罪出亡晦迹于此所謂
三輪茶屋者是事出於戲曲誰知眞僞乎書院主柱用
南天木奇古可觀
二十三日經長谷寺至多武峰舍車詣談山神社祀藤
原鎌足公處結構宏壯粉壁朱欄廊廡相接不負關西

日光之目矣就飯店稱花之中宿以其在長谷芳野中間長谷名于牡丹芳野著于櫻花故也午下將向芳野徒步坂路峻險匍匐以攀時正酷暑余爲眩暈嘔吐勉强達頂上踞石放眸則近山濃遠山淡紆餘曲折以連金剛山其間人煙或寧樂或三輪皆是日來所經過頗快目睹神氣頓蘇踴躍欲進家君猶慮山險途遠使余獨輿忽陟羊腸忽過懸崕欹仄動搖行路果不易也輿丁若誤一步則主客同顚於溝壑心私羡家君健步也已降山盡行田疇間出于芳野河畔前面卽芳野山也輿丁指曰中腹鬱葱者皆是櫻樹名曰一目千本別有

奥千本中千本今共不見若夫陽春滿山着花紫雲紅霞燦然映發其艶其麗雖閬苑縣圃恐不邁矣余聞不覺神往促輿涉河進抵樹下低徊顧望想像花時遂達山頂左右皆客棧酒帘相招絶不見櫻樹亦是奇異乞泊于芳野屋從道路入就室排障以爲可得幽庭何圖身凭危欄坐三層樓上也童心頗恠之探究得其理樓蓋自山頂下向谷底鏟峭壁以營築或三層或二層唯最上層以通道路奇構乃爾既而座定茶來予獨徐按地圖始知芳野是峻嶺門戸山脉蜿蜒走而向南至大峰山嶽勢極矣以作大和脊梁骨也是以樓前所觀形

勝已非凡白雲蒼樹自然爲趣上古役小角來據此嶮以創修驗道法門興隆山徒以數萬算南朝帝業借其力最居多矣此外史蹟或說英雄或傳美人亹亹不盡以壯視聽所以爲名山者實在于斯矣顧世人遊踪多局春時唯視其絢爛竟不及此最爲可惜

二十四日早發賃導手出寓行數百步左折得吉水院後醍醐天皇自京都遷幸先坐此院後移蹕金輪王寺終爲皇居源廷尉已滅平氏遽遭嚴譴逃入芳野遂訣靜姫亦此處云是以舊記古文雜然几上不可悉觀史蹟存于境內者亦多小楠公習射柱巨勢金岡丹青障

源廷尉馬蹄痕辨慶試力石等尤驚人目辭院詣藏王堂一以悲護良親王苦難一以痛村上義光殉節不覺口誦日來所學日本外史一節堂後爲金輪王寺今唯餘礎石耳去抵如意輪堂歌扉尚在撫摩濺淚傍有延元陵塋域清淨不留點塵維新以來尤虔祭祀盛事可特筆也拜畢攀陵右小逕詣水分神社道程不過十町聞山中寺院今所存極少意者南朝時山徒多殉節及德川氏時移金輪王寺于日光以政策壓修驗道芳野佛法自是遂衰耶回踵再泊芳野屋此日所見聞上下一千年事慘人空感慨蝟集通宵不寐鵂梟聲哀改削

至于是附記昭和己巳十月三遊芳野當時所獲詩二首曰忠肝如鐵護皇旂一劍降魔是黑衣史筆何心重卿相不教僧寶放光輝曰兩朝爭位建延年今見行宮跡蕩然且喜武臣重名節芳山史蹟與花姸

二十五日拂曉下山欲就家路過河内當麻寺相傳中將姬遺蹟有蓮花曼陀羅淨梵可貴泊寺前逆旅

二十六日午下歸家

夫大和上代皇居地文物典章悉發源乎此是以史蹟累累不遑僂指顧余乳臭生長南荒今親探發祥靈地其於啓發知能功果最大庭訓餘惠豈可不牢記以資

將來乎明治甲申九月眞澄記時年十五

東北漫遊日記

東北之遊在五十年前矣今秋曝書得日記于匣底筆路雖晦澁猶可得要旨乃少加潤色淨寫備後附以近作昔遊一詩曰儘教煙霧犯征衣年少探奇陟險巖水湛中禪鑑眞相峰縈綠髮仰明妃大魚覆艇暴逢雨斷磵阻途猶策驪近聽崔嵬鑿周道遊人車轍駛如飛因記明治中葉物價尚廉客舍一宿費在二流則十五六錢雖一流亦不超三拾錢書生長途不苦多用者實由是矣今而思之正有隔世感也昭

和十二年丁丑秋晩六十八叟物安自序

奥羽磐陸諸州世稱之東北地勢偏僻王化不洽野委荒蕪山任起伏偶有人煙處乃通鳥道松尾芭蕉所著奥之細道曾詳記焉今當明治昭代距元祿世已垂三百年而開化之跡猶恐無可見者余久在東都常思一遊適會學友王子俊歸米澤相伴上途旅程期二月不知能償宿志否

明治二十一年戊子七月六日搭汽車上野驛至鴻巢訪埼玉縣北吉見村村有百穴者蓋我先住民族墳墓之遺迹也一邱皆巖向陽穿横壙廣者容十餘人狹者

亦藏數人壙隅必有壇高數寸與邦俗所謂床間相似壙數二三百遠望則宛然蜂窠也幕府末造蘭人十坡土早已探之近時坪井教授(正五郎)亦介紹之于世觀了還鴻巣欲出於禮幣使街道卽舊時幕使詣日光廟時所取本道也由路騎西至加須時日尙高以余不習步乃泊

七日晨發加須小雨纏蒲席而防濕數里過大越渡卽利根川上流也午下雨歇炎威頓加至和泉始得禮幣使街道酉牌抵朽木泊

八日詰朝出寓驅車黑髮山當面而聳群山衣冠朝宗

脚下雄風英姿使人思登攀至鹿沼舍車時已近午滌暑於鹿沼川自是以後左右列樹或松或杉欝欝蒼蒼作帷作幄能遮曦景不知復有暑氣也未至文挾里許過富岡有藤原藤房卿墓、卿蓋薨茲地乎里人云曾得古鏡于土中背文曰爲祖考修冥福願主不二坊卽欲以擬藤房者聞其鏡今歸於妙心寺卽卿曾以第二世所住持云黃昏達日光泊

九日昧爽大霧待其霽跨農馬至霧降瀑上下有二流高各十餘丈水勢奮激珠璣紛亂蓬蓬然如雲煙瀑名之所以出歟囘馬渡大谷川詣日光廟祀德川家康處

極奐輪之美竭規模之壯樓閣則敷彩殿堂則雕鏤金馬躍矣石人立矣寶什珍器獻遺爲山粉碧燦爛顧眄眩目可謂東海靈區宇內壯觀也世言不觀日光勿說結構不誣矣廟後則家康墳墓所在杉檜挾磴石燈林立是皆係三百諸侯之獻磴道四段每段五十級以達山頂杉檜益密空翠落襟顧望無人恠禽晝叫冷峭之氣徹骨有一大銅柱柱下藏家康枯骨云然世或曰家康老獪不使人知葬處或以爲日光或以爲久能山以避寃家發掘其或然乎下邱向中禪寺右折至裏見瀑高十丈蛟龍飛下直飲大澤音響錚然的是萬人鼓也

懸崕通小徑循出瀑背飛水掠頭大地震撼心膽爲寒
亦爲一偉觀余等始未之知翌自中禪寺返迂路就觀
焉從裏見出于馬返是爲中禪寺本道犖埆欹仄蹍顚
而行馬脚不堪用所以有地名左回則華嚴瀑自瀑頂
俯瞰直下三百尺杳乎不見底稱關東第一名瀑但憾
暑渴水勢不太振耳抵中禪寺投宿推窓則幸湖在前
淼淼漫漫周回數里煙波浩蕩布帆點綴而黑髮山聳
于背後淸秀溫雅如玉如圭蘸影于鏡中眞是絕景也」
十日欲攀黑髮山先請山司允白衣潔齋一準道士例
卯牌乃發山高三里其始老樹蓊鬱晝亦欲暗已而足

指漸仰僵木狼藉葛藤奪途及近頂上樹幹皆矮枝梢悉低蓋風力所致而山身亦露赭土如染血燒岩浮石散在其間或是太古噴火迹歟遂達山頂則群山拜跪有類兒曹鬬東平野鍾于雙眸疇昔所踏破市店村落亦在其中意氣昂然欲小天下咄嗟作句曰嫣然玉女粧鬟髮湖爲鏡雲蕩石仍飛風鳴樹孤勁遂就歸路往則費三時歸則半時疲甚一睡醫勞申牌乃發迂回華嚴裏見衝闇而還日光辭裏見時天忽大雨苔石滑達步步戒顚仆

十一日雨未歇加以宿憊己牌始發至今市騎馬經高

德大原至藤原泊大原舊會藩治下而戊辰之役邀擊官兵處征衫拂雨按轡以憑弔之亦一快心事矣

十二日快晴卯牌復上馬踰高原嶺途有河治溫泉巖壁露天取浴正是原人衣鉢矣有一草蛇蜿蜒七尺同來浴愕然失色抱衣脫出徒步到中三依泊

十三日黎明發踰山王嶺此地舊爲會藩要害世擬百二關而今已鑿道坦坦如砥至彌五島泊時已戌牌

十四日早發騎馬過小野山麓云是歌人猿丸大夫舊蹟至上三依舍馬遂達若松若松卽舊會津也城址猶存負郭日飯盛山戊辰之役藩城將陷年少子弟走上

此邱相擁自及天下所治知泊城下
十五日辰牌發若松顧望數次頗惹感懷夫沃野千里稻粱育茂已周以峻嶺守以勇卒戊辰之役胡爲一敗塗地耶勢之所使然人不可得而救耳與子俊相語行里許望磐梯山於東方雙峰耳峙風景殊絶觀賞間忽發爆音天地爲震撼黑煙莽莽而起壓山衝天余等不辨其理行又數步再聞爆音迅烈劈耳以爲雷擊驟雨將大至也行至鹽川老幼皆在戶外遽色佇望如有異變聞其所相語或曰豈天柱折地維缺乎何地震之大或曰疑是磐梯破裂余等愕然因想先步地上故不覺

地之震然今顧東天則先之黑煙已業銷盡唯見一道蒸煙莽莽滔滔向天而冲乃知磐梯破裂之信矣探險之念勃然而起至熊倉賃馬右折向磐梯過原小屋舍馬叩農家乞飯進攀峻坂遇一婦人辭色慌忙告曰火發山裂妾姪亦死矣語未了急急走過已而坂盡展望始開磐梯在前只剩隻耳他半已缺缺所吐猛煙毒龍昇天長蛇打草濕土鬆鬆平敷地上皆是自磐梯體來者當其炸裂山骨粉碎向北而飛一瞬達檜原所觸裂山塞谷拔樹飛石擧人畜家屋皆埋却之於百尺地底嗚呼不亦慘哉余等今在距火坑里許更欲往窺之暮

色已至無糧食可以備露臥期他日卻同新月照路履磥砢而下再過原小屋會若松廳吏來檢具告所視而去至大鹽泊卽檜原前里也門外擾擾終夜不可寐蓋里人荷鍤以赴難也顧千里行客遇此地變而身幸無恙豈非天佑耶昂然援筆以記顚末覺爆音猶在耳也」

十六日拂曉出寓向檜原浮說百出或云檜原川壅塞將大決潰此道不可由也余等謂然或有之未可甚急耳抵則平安上嶺憩茶店稱一軒助子俊囊報家曰以月十五日歸而余等悠悠探勝期誤一日異災報忽臻家人以爲子俊與客同死使長兄來探今憩在茶店相

見驚喜偕就歸路過綱木舟坂薄暮到米澤道路險惡
恐過高原山王世非封建奈此不便何
余等已入米澤主王家以至九月二日其間遊蹤大要
如下
廿一日出寓賃馬車遊城北赤湯溫泉赤湯隣里蒲生
田訪盛興院院後邱陵有穴居跡稱蝦夷穴其數百餘
各疊小石築之圓頂如蟻垤自側面入無復壇床之設
乃異百穴盜去石材完形者極少可惜

廿九日浴城西小野川溫泉迂回那手良山麓而行凡
二里餘途過舘山製絲場規模壯大居然絹絲國可謂

不負鷹山故侯遺志矣泉富鹽分故又假風力使結晶以取食料大類泰西技術豈封建時已創此業以充山國乏乎歸路踰那手良山不復迂回溪濕草茸又遇雨至頗苦登攀山下賽笹野觀音堂日暮歸家路程一里餘

八月十日遊太平湯在城南吾妻山中迂路至佐澤登水晶森山產水晶過駒石原渡澁川水質多鐵磧石爲赤踰萱平達溫泉澡浴此夜止宿

十一日賃導手觀相生火焰懸中諸瀑無復樵徑可由攫蔓草拏樹枝以行懸崕崕下則激湍往往湛深潭見

危不愼亦年少客氣之所致也下午一就寓舍遂歸米
澤
十八日浴高湯亦在吾妻山中高湯之與磐梯山脉相
連僅距數里耳此行期再訪而不果留宿乃歸
二十二日遊五色湯同在吾妻山中是日子俊伴北堂
及女姪某過白旗松原淸風徐來小憩取涼湯分新舊
主坐新湯鉢盂森當窓其狀似伏盂又比臥牛
二十四日出新湯上鉢盂森適有密雲雨亦至咫尺不
辨或怕毒龍輒來襲也少時天霽就山下茶店乾衣遂
至滑川湯泊

二十五日同子俊浴姥湯欲觀泉源泉自洞穴出穴徑三尺強纔堪匍匐携燈而入子俊在前行十數步忽止余自後叱之遂窮泉源乃欲囘踵穴狹不可轉位余携燈在前及近洞口不覺踆巡有巨蛇蟠踞壁間非觸之則不可行子俊在背洪笑余鼓勇躍過幸得無恙此夜留宿

二十六日還新湯

二十七日淹留作詩消閒曰峻嶺翠屏連鬱林不經斧朝陽晞髮時嵐氣灑如雨又曰涼爽疑無夏石泉欄下飛殘陽逗林樹幽鳥覓栖歸

二十八日與一行同歸米澤

九月二日昧爽發米澤踰栗子嶺墜道三四鑿險夷隘三島縣令遺業也薄暮到福島遊覽市街因記余齡八歲自小田原移在于此地會車駕東巡以小學七級堵列迎送近拜衣冠束帶人懼然改容實是十餘年前事也追臆不止得詩二首曰垂髫初就學地是小田原指廿不能讀（小學余席次二十校吏略書爲廿余不能讀也）心私耻鈍根又曰萍迹何時定新秋遷福島分明拜聖顏車駕巡山道但記實感不嫌稚拙耳

三日朝搭汽車申牌達上野往返六十日大半寓王家

款待具臻其間探勝細大皆記以感造化偉大以傳交友信義若夫行文蕪雜固非所問也明治二十一年戊子冬暇於東京本鄉客舍眞澄記時年十九

蚊說

近時有發明輕合金者剛過鋼鐵輕比羽毛以作飛行機能翺翔天空日行千里投毒放火金城失守備湯池爲廢墟世人輒曰危哉文化冒瀆道義莫大焉寧知天地廣濶妙機叵測有一微物名蚊其性渴血空襲飛攻擾亂安眠傳播病菌戕害人畜者不知幾千萬其來如幽鬼靜其去同蛇蝎疾嗚呼是亦造化所爲惡戯如是

則何獨罵倒人間文化乎哉因思剖析蚊字則文虫豈古人有意故以文从虫耶爲之憮然試作詩曰貪婪嗜人血夏夜苦生靈濕化乃相比鯤鵬出北溟

桃花仙鄉詩稿序

土佐僻在南海北負峻嶺南臨滄海道路險惡不便舟航然至谿谷之美海潮之奇則有鬱鬱莽莽夐別於人間者其中種崎當吸江之口而位南浦之中央蒼波洗岸翠松鼓瑟西隔江則桂濱自古騷人相傳爲觀月之場矣蓋風景已佳加之冬溫夏凊百花常開幽鳥諧和風俗純厚民寡嗜慾多壽考可謂聃彭接居陶葛交膝

寔是不老別天桃花仙鄉也予曩獲大患思就閒靜養況去鄉五十年懷鄉之情油然而湧今茲孟春來住此地悠悠自適賦詩屬文淹留三月不復覺其長也今也病已癒將治裝而歸獲詩凡九十九首輯錄爲卷題曰桃花仙鄉詩稿有久保康石翁齡百二歲因請題於卷首託之自壽云昭和七年壬申三月下澣

閒居集序

告老而後已過一年臥榻曳杖各發興趣青燈白髮頻催感懷復獲五言十題百首輯錄曰閒居集何暇雕琢欲辯忘言昭和六年辛未六月

病牀錄序

去秋獲病入大學醫院發熱苦甚仲春小癒始而思詩日獲數篇豹軒先生一一點檢詩情益動病勢爲衰今將退院輯錄附刊凡若干首聊以代日錄云爾昭和辛未春分前一日

七律三十韵序

平生作詩多押熟用韵今欲釐收七律三十韵則所闕之詩不下十指率爾補製以充其數而不太問精粗亦是銷夏一策也題後有詩曰三十律成東至咸賦臻時弊口多緘竹窓滿喫清風味槃礴解衣歸野衘昭和十

二年丁丑秋八月

片岡翠翁詩集序

翠翁片岡君爲大阪府技師精勵恪勤夙稱能吏緒餘愛風月詩書畫篆刻稱四絕七十懸車將遊藝苑不幸獲風疾左手稍不仁尙不廢筆硯長短成詠殆忘躬有疾患頃友人胥謀勸君爲刻其詩使予序之顧予與君風交十餘年深喜此擧之慰藉君有足以補醫功乃綴蕪詞以贈不復辭昭和十三年戊寅三月上浣

論心友贈豹軒博士

豹軒博士頃獲龜井南溟詩幅詩意云行樂有三山與

水與友是也博士有所結詩社亦稱行樂乃感其遇奇一日延社友同賞焉予就觀之詩書與人皆佳足以推三絕矣因謂世間富山水未必爲可羨獨至心友則或不然徒然草曰與心友居奇事異聞有漏無常語無隱蔽樂莫大焉但恨世無其人或終日對坐無一違言則何異於獨處有時討論擬議不必雷同如是而乃可相忻慰若夫器局狹小氣類不齊敘寒暄而足矣蓋兼好之所求而未得南溟則從容得之相攜樂於山水間眞不勝歆羨也今我豹軒博士平生耽學性不與物競尤愛風雅誘掖不倦同心之友欣然集于其社於三行樂

無所闕如視之南溟殆無有徑庭豈天有意而錫此幅于博士歟聊書所感而贈于博士且附以和詩詩曰煙雨東山近水光兼入樓座中皆小杜佳句倚欄求

感秋文

少昊執炬天地復秋芋栗成堆楓菊添幽熟有稻粱遠望黃金田疇懸有層雲緩颺素絢旗旒天氣清爽節序溫暄足以使群生嬉游矣群生雖則嬉游其逝也亦駛昔者有僧問曰樹凋葉落時如何雲門曰體露金風蓋寂滅爲宗虛無得旨淨躶躶赤洒洒得得然不挾悲戚於其間者唯禪家能之而在凡流則不爾夫春榮夏茂

草木之常情秋收冬藏天地之大道山瘦則露石水涸則絕脈況寒風以激嚴霜以虐淅瀝蕭颯不勝聽者是豈非秋聲乎秋聲賦曰星月皎潔明河在天四無人聲聲在樹間千古絕唱鮮有嗣音然皇朝亦有曰蛩戶秋深何者是顧望無客欹繁華曰山堂燈火秋風怨長夜漫漫不可眠曰不耐凄涼秋暮天曰澤國逢秋不耐情文字不同悲秋則一予見斗回天白庭柯蕭然落葉滿地凍雨荐濺呵手操箋情景在畫圖間矣有詩曰山庵秋雨過落葉與衰草擁箋儆奚童莫和白雲埽蓋恐流年之無久止白雲之不復旋耳課事已了乃汲清泉活

火茶煎雅友相延對坐話禪其樂嗒焉夫秋之爲物能使人樂又能使人悲然亦有不盡於斯二者想夫風氣凜烈能使人興懷事功如漢武帝之横濟中流浩歌秋風也往年予亦使德國秋暮過城外登比公塔落葉梗途歸鴉紛沓仰慕勳業之大成俯悲我生之難跋慨然賦詩詩曰秋林寂寞宿歸鴉身在他鄉送歲華書劍飄零多少感比公塔畔夕陽斜語凡句劣唯藉遣心悒譯成德文寄之於時報國人見爲悲予志云嗟乎屈指三十餘年今乃頽齡無復有爲不覺淚零執簡寫懷憂思其殷後之讀之者冀亦有感於我文

題劍持雪漁筆山水圖幅

本邦山水近得名者曰長門峽昭和五年庚午八月予往觀焉（東道中川香村）山骨挺秀溪流激怒五六里間唯聞天籟耳獲一詩曰湛爲鑑水碎飛淙注到龍淵變欲窮斷磵釣矼通谷口長門峽在白雲中值一茶壚舖陳雜貨壁挂水墨山水十數本壚主曰約二月前有一老書生破帽敝屨纍纍然而來詳問地理上到飛瀑前趺坐石牀時浴于水一日一食索供于我如斯者月餘一旦歸來出紙筆與硯揮灑縱橫曰留以抵謝飄然而去余聞而奇之審觀則構想奇拔筆致不凡題詩有曰亂格紛

然且缺神醉餘狂墨墨痕新平生心算無人識漫喚吾
人爲畫人落欵云劍持雪漁不詳鄉貫身分想是一介
狂士懷抱不平偶借山水而以鳴之者非耶乃請得一
本喜曰好箇記念物矣昭和十三年戊寅仲冬裝成日
物安記

安井隱居集第三附錄文終

昭和十四年一月三十日印刷
昭和十四年二月十一日發行

（非賣品）

著者　近重眞澄

京都市左京區吉田町
京都帝國大學理學部化學敎室
編輯兼發行者　近重先生古稀祝賀會
代表　佐々木申二

岐阜市七軒町十二番地
印刷者　河田貞次郎

岐阜市七軒町十一番地
印刷所　西濃印刷株式會社
岐阜支店